쫄지 말고 떠나라

부엔 까미노, 당신의 앞날에 행운이 가득하기를

쫄지 말고 떠나라

이희우 지음

이콘

걸을 수 있는 건강한 두 다리를 주신
부모님께 이 책을 바칩니다.

Part 02 절망의 끝에서 다시 찾은 곳
2017. 10. 생장 – 레온

Part 03 비우면 채워진다
2019. 02. 레온-사리아

프롤로그

2015년 10월 첫 번째 순례길 이후 2017년 10월 두 번째 순례길에 올랐다. 그리고 2019년 2월 세 번째 순례길을 떠나 프랑스길 800킬로를 완주하며 종지부를 찍었다.

나는 왜 세 번씩이나 산티아고로 갔을까? 아니, 왜 매번 인생의 큰 변곡점마다 산티아고를 찾아야만 했을까?

지난 4년 동안 나는 직장을 세 번이나 옮기며 개인적으로 많은 변화를 겪었다. 앞선 두 번의 산티아고 순례는 직장을 관둔 후 미래에 대한 불안감을 떨치고 새출발을 하기 위해 떠난 것이라면, 세 번째 산티아고는 이전에 나에게 큰 위로가 된 산티아고에게 작은 보답을 하기 위해 떠난 것이라고 할 수 있다.

내가 힘들 때마다 어김없이 까미노^{Camino}는 나를 불렀고 그 보듬 위에서 나는 많은 위로를 받을 수 있었다. 이것은 그런 나의 기록이다.

니체의 말처럼 생각은 걷는 자의 발끝에서 나온다. 괴로우면

⁺ 스페인어로 '길'을 뜻한다.

걸어라. 걸음은 고민을 비워줄 것이고 그 빈자리는 이내 다시 채워진다. 그러니 나와 함께 까미노를 걸어보자,

쫄지 말고.

Part 01
일단 떠나!
2015. 10. 사리아-산티아고

00 첫 번째 산티아고

2015년 8월 어느 날 밤 난 소파에 널브러져 스마트폰을 뒤적이고 있었다. 여러 SNS를 생각없이 둘러보던 중 티타임즈^{TTimes}에 나온 "'왜 죽도록 걷고 싶을까', 산티아고를 걷는 사람들"이란 카드뉴스를 접하게 되었다.

1주차, 몸이 너무 힘들어 아무 생각도 할 수 없었다. 죽을 것 같았다.
2주차, 마음이 힘들었다. 과거 일들이 다 떠올랐고 머리는 복잡했다. 포기하고 싶었다.
3주차, 정리가 되기 시작했다. 머리가 명료해졌고 마음은 맑아졌다.
4주차, 모든 것이 완벽히 안정이 되었다. 이런 것이 희열이구나 싶었다. *

사실 이 카드뉴스를 접하기 전까지는 산티아고 순례길에 대해 잘 알고 있거나 특별한 관심이 있지는 않았다. 막연하게 다들 좋다고 하니 나도 한번 가볼까 하는 수준이었다. 그렇지만 이 뉴스를 읽으며, 내 마음은 조금씩 흔들리기 시작했다. 그리고 그날 밤 난 산티아고 관련 모든 뉴스, 블로그, 동영상을 찾아 보느라 밤을 꼬박 새었고, 산티아고로 떠나기로 바로 결심했다.

＊ "'왜 죽도록 걷고 싶을까', 산티아고를 걷는 사람들", TTimes, 이재원 기자, 2015년 8월 24일,
http://www.ttimes.co.kr/view.html?no=2015082408547763419

굳은 결심에도 마음에 걸리는 것이 하나 있었으니, 그것은
와이프의 허락을 구하는 것이었다. 타이밍을 어떻게 잡을까
고민하다 조만간 제주도로 여행을 떠나 좋은 분위기에서
애기하기로 정했다. 그리고 일주일 후 도착한 제주도 어느
횟집에서 나는 제법 비싼 돌돔을 시키고 술 한두 잔이 넘어갈 때
조심스럽게 말을 꺼냈다. 와이프가 흔쾌히 허락해 줬다.
이 기회에 고맙다는 말을 또 전하고 싶다.
때마침 내가 대표로 있는 미국계 벤처투자사 IDG 벤처스코리아도
한국에서 철수하기로 결정한 시기였다. 하릴없이 누워서 앞으로
무엇을 해야 할지 고민만 하고 있을 수는 없었다. 산티아고가 주는
설렘은 막막하던 차에 나에게 온 기회같이 느껴졌다. 그래 떠나자.
걸으며 생각해보자, 걸으며 답을 찾자.

쫄지 말고.

01 매듭, 감사 그리고 순례

아무리 급하게 결정한 여행이라고 해도, 여행 스케줄만은 제대로
확인했어야 했다. 출국 당일, 비행기 출발시간까지는 아직
여유로운 듯싶어 와이프가 차려준 아침을 먹으며 '쫄투'＊ 유튜브
업로드와 페이스북 페이지에 글을 올리고 나가야겠다 싶었다.
하지만 낌새가 이상해 스케줄을 다시 확인해보니 맙소사, 시간을
착각한 것이었다. 여행을 떠나기 전, 일을 마무리하는 여유따윈
없이 나는 후다닥 짐을 챙겨 집에서 나왔다.

부랴부랴 와이프가 태워줘서 공항버스를 타기 위해 양재역으로
갔다. 내가 내리자마자 마침 버스가 떠나고 있었다. 다음 차가
오기까지는 10여 분을 기다려야 했다. 나 다음으로 정류장에 내린
이들은 수다 떠는 아줌마 두 명이었다. 둘은 택시에서 내리자마자
자기들은 중국 태항산 간다고 떠벌리기 시작했다. 누가 물어 봤나.

무사히 공항에 도착하자마자 나는 배낭을 커버 씌워 보내고
환전을 하러 갔다. 가는 날이 장날인가? 오늘따라 현금카드 IC칩이
말썽이었다. 카운터에서는 불가하다는 말을 듣고, 현금 지급기에서
인출해서 겨우 380유로, 약 50만 원을 환전했다.

＊ 쫄지말고 투자하자 유튜브 채널. https://www.youtube.com/user/dareinvest

이젠 여행자 보험 들 차례였다. 여기도 나를 순순히 보내주지 않을 심산이었다. 삼성화재 접수처 대기자 수가 14명이다. 또 업무처리는 왜 이리 굼뜨던지. 안그래도 탑승 시간이 곧 다가오는데, 거기서 또 30분이나 까먹은 것 같다. 모든 준비를 마치고 후다닥 보안검사를 통과하자마자 나는 루프트한자 게이트 쪽으로 달렸다. 탑승 시간 5분 전, 꼭 이럴 때는 탑승 터미널까지 기차를 타야 한다. 에스컬레이터를 또 뛰어서 올라갔다. 아직 비행기에도 오르지 못했는데 벌써 땀이 흥건해졌다. 다행히도 탑승 마감 20분 전에는 좌석에 앉을 수 있었다. 곧 한국을 떠날 비행기에 앉으니, 미처 마무리하지 못한 일들이 떠올랐다. 하나는 내가 회사를 관두고 산티아고 간다는 것을 페이스북에 올리는 것, 그리고 다른 하나는 미국 본사에 퇴사 의사를 통보하는 일이었다.

저는 이제 IDG를 떠나 스페인 산티아고로 순례 여행 갑니다. 뭐 우리 인생도 순례 여행과 다를 바 없지요. 무슨 일이 벌어질지 모르는 미지의 길로 마냥 달려가고 있으니까요. 그렇지만 우리 인생길도 산티아고 순례길처럼 수천 년 전부터 사람들이 다 걸어갔던 길이지요. 그래서 전 이번 순례 여행을 통해 그 먼저 간 선배들의 흔적을 확인하고 그들의 마음을 조금이나마 읽어보고자 합니다.

지난 8년이 IDG에서 너무나 편하게 한바탕 신나게 논 기간이었다면 앞으로의 10년은 조금 덜 놀며 우리나라 스타트업 생태계에 작게나마 실질적인 도움이 되는 일을

하고자 합니다. 아직 회사 이름도, 뭘 할지도 구체적으로
정하지 않았지만 이 또한 도보 순례를 떠나는 이에게는
역동적이지 않을까요?

저는 참으로 복이 많은 사람인 것 같아요. 주위에 좋은 분들이
많이 넘치고 그들이 적극적으로 응원해주니 말이에요. 그 넘친
복에 대한 감사도 많이 드리고 올 예정입니다. 제가 여기까지
온 것도 제 힘만으로 오지 않았음을 잘 알거든요. 다녀와서
하나하나 흩어진 퍼즐들을 맞춰가려 합니다. 많은 응원
부탁드립니다.

　자연인 이희우 올림

떠날 준비가 정말로 다 된걸까, 10분 만에 글을 후다닥 페이스북에
올렸다. '좋아요'가 막 눌러지는 것 같다. 본사 대표에게 보낼
이메일은 어제 미리 써뒀기 때문에, 보내기만 하면 되었다. 이내
어제 미리 써둔 이메일을 본사 대표에게 보냈다. 이젠 휴대폰도
비행기 모드 상태로 두고 이륙을 맞이할 차례였다.

경유지인 독일 뮌헨까지 가는 비행은 지루했다. 11시간 넘는
비행시간을 나는 영화 세 편, 컵라면과 간식을 포함한 밥 세 끼,
그리고 와인 세 잔에 맥주 한 캔으로 때웠다. 이제 마드리드로
환승할 차례다. 같은 EU임에도 입국심사를 한다. 왜 왔냐고 묻길래
'산티아고 순례길' 왔다 하니 웃으며 'Good Luck!'이란다.

또 내기시간이 이어진다. 탑승 게이트 앞 바에서 소시지 두 개와
생맥주 한 잔을 샀다. 독일은 역시 맥주와 소시지라는 고정관념을
깨버린 맛이었다. 맥주는 밍밍하고 소시지는 퍽퍽하고. 그래도
산 건 먹어야 하기에 후딱 먹고 마드리드행 비행기에 올라탔다.
이제야 첫날의 피곤함이 몰려와 떡실신으로 잠들었다.

2시간 40분을 더 날아 도착한 마드리드는 비가 살짝 내리고
있었다. 짐을 찾는데 생각보다 오랜 시간이 걸렸지만 그래도
세관신고 없이 바로 나왔다.

택시를 탔는데 기사는 계속 궁시렁대며 운전하는, 짧은 머리의
젊은 놈이었다. 택시가 솔 광장 부근으로 들어왔을 때는 밤
11시쯤 되는 늦은 시간이었다. 비가 와서 그런지 기사란 놈은 막힌
골목길을 엄청 헤매기 시작했다. 같은 길을 두 번 세 번 돌고, 내가
구글맵을 보여줘도 자기 스마트폰 지도만 보며 계속 혼잣말로
중얼거린다. 그래서 그만 내리겠다고 했다.
낯선 도시였지만 구글맵 보행자 모드로 설정하니 쉽게 숙소를
찾았을 수 있었다. 눈 앞의 숙소는 호텔이라기 보다 아주 비좁은
호스텔로 보였다. 간판도 작을 뿐더러 오래된 건물 2층만 임대해
쓰는 듯 했다. 그런데 호스텔 입구를 못 찾겠다. 보이는 것 이라곤
작은 문밖에 없는데 문도 잠겨있었다. 무거운 배낭을 메고 비를
맞고 있자니 기분이 꿀꿀해졌다. 더듬거리며 겨우 찾은 인터폰을
누르며 외쳤다. "게스트, 게스트!" 이때 내가 왜 이렇게
말했는지는 모르지만, 다행히 주인은 문을 열어줬다.

체크인을 하고 방에 들어와 침대를 보니 눕고 싶다는 생각밖에
들지 않았다. 샤워도 하기 싫었다. 그래도 억지로 몸을 일으켜
씻으니 피로가 한결 풀렸다. 이렇게 첫날이 끝났다.

02 지도가 멈추는 그곳이 순례의 시작이다

눈이 떠졌다. 시계를 보니 새벽 3시 45분. 시차적응이 안된 것이었다. 다시 눈을 감았지만 그래도 다시 쉽게 잠에 빠져들지 못했다. 대신 가져온 책을 꺼내기로 했다. 『마션Martian』, 괴짜 과학자의 너무나 사실 같은 화성 생존기를 담은 책이다. 독특한 발상과 치밀한 과학적 디테일이 딱 내 스타일이었다. 거기에 푹 빠져 화성 생존 20일째까지 읽은 것 같다. 그리고 다시 잠에 들었다. 무겁지만 가져오길 잘한 것 같다.

좁은 욕조에 들어가 몸을 구부리며 겨우 아침 샤워를 마쳤다. 어제는 어떻게 샤워를 했는지 모르겠다. 이 호스텔은 위치는 좋은데 그 외에 모든 것은 불만족스러웠다. 밖으로 나갈 차례임이 분명했다. 나는 방안에서 스케줄을 점검하고 오전 9시 무렵 탈출했다.

나의 첫 목적지는 마드리드 관광 1순위인 솔 광장이었다. 유럽의 광장이 작다는 것은 익히 들어 알고 있었지만 여기도 생각보다 넓지는 않았다. 어느 말 탄 장군의 동상이 있고 그 옆쪽에 곰이 나무 열매를 따 먹는 동상이 있는 곳이었다. 예전엔 큰 곰이 이 부근에 많이 있었는데 그 곰들이 마드로뇨Madrono 열매를 좋아했다는 것에서 마드리드의 명칭이 유래되었다는 설이

있어 세워둔 것 같다. 신화에는 동물들이 많이 등장하는데
우리나라에서는 곰이 마늘을, 스페인에서는 마드로뇨를 먹었나
보다.

먹는 얘기를 하니 배가 좀 고파왔다. 마침 문을 연 카페가 있어
들어가 하몽 샌드위치와 카푸치노를 시켰다. 양은 조금 적었지만
맛은 있었다. 오히려 양이 적은 게 다행이었다. 조금 걸어 내려오니
100년 넘는 역사를 가진 빵집을 발견할 수 있었고 거기서 크림빵과
하몽 샌드위치를 또 집었다. 광장 구석에 앉아 먹는데 맛 하나는
기똥차다. TV 프로그램 〈꽃보다 할배〉에서 본 그 집 같기도 하다.
구글맵을 켜고 마요르 광장을 찍었다. 바로 근처다. 현재 시각이
10시 반이니 12시 10분까지 기차역에 도착하려면 부지런히
걸어야했다. 마요르 광장에 도착해서 사진을 찍고 다음 장소인
마드리드 왕궁으로 가는 길에 산미구엘 시장을 봤다. 사진만
찍고 다시 발걸음을 옮겼다. 이윽고 백색에 가까운 거대한
왕궁이 보인다. 왕궁까지 가는 길은 구시가지 좁은 구건물 사이로
내려가는 골목길이다. 좁고 구부정하지만 나름 아기자기한 운치를
보여주고 있었다. 지나가다 종종 지린내가 나는 것만 빼고 말이다.
왕궁은 거대하고 아름다웠다. 그 웅장함은 대항해시대를 호령했던
패기를 보여주는 듯 했다. 그런데 정작 내 관심을 더 끈 것은 왕궁
앞에서 악사가 부르는 오페라였다. 한참을 이탈리아 가곡과 함께
왕궁을 둘러보니 이 또한 운치 있었다.

아차, 지금 이런 여유를 부릴 때가 아니다. 빨리 산티아고 순례길
출발지인 사리아로 가는 차마르틴 기차역으로 가야 한다. 서둘러
가기 위해 택시를 탔지만 택시는 되려 내가 한참을 내려왔던

구시가지를 거슬러 올라간다. 아뿔싸, 내가 동선을 잘못 짰구나. 다행히 차가 그리 막히지 않아 잘 도착했다. 탑승 플랫폼을 확인하고 현금이 부족할 거 같아 110유로를 더 찾았다. 렌페^{Renfe} 기차 해당 칸을 물어 무탈하게 탑승했다. 내가 앉은 자리는 두 명씩 마주 보고 앉는 테이블 석이었는데 나만 빼고 아름다운 여성분들이었다. 기분이 좋아진다.

기차가 마드리드를 벗어나 벌판을 달리기 시작했다. 소설『마션』을 다시 꺼내 들었다. 주인공은 화성에서 살아남기 위해 필요한 물을 만드는데 여념이 없다. 나는 오히려 생존에 필요한 뭔가 만들게 없어서 고민이다. 그렇다고 너무 깊게 고민할 생각은 없다. 이번 순례 여행은 그동안 IDG에서의 인생을 매듭 짓고 새로운 미래를 구상하기 위해 머리를 비우러 온 작업이었기 때문이다.

오후 2시, 슬슬 배가 고파온다. 바로 앞 식당칸으로 옮겨가 샌드위치와 스페인 맥주를 주문했다. 창가 쪽에도 먹을 수 있는 곳이 있었다. 아이폰으로 음악을 틀었다. 오늘의 선곡은 카로

에메랄드^{Caro Emerald}의 〈리퀴드 런치^{Liquid Lunch}〉. 기차 밖으로
스페인의 평원이 쌩쌩 지나간다. 맥주와 샌드위치가 술술 넘어가는
조합이다. 리퀴드 런치 취지에 맞춰 맥주를 더 시킬 수 밖에 없다.

마시고, 또 마시다 보니 머리가 약간 핑 도는 느낌이 든다. 카로
에메랄드의 음악이 끝나고 모차르트의 레퀴엠이 흘러나왔다. 창
밖으로 펼쳐지는 너무나 아름다운 풍경에 슬픈 선율이 나오니
눈물이 흐른다. 나이 드니 눈물샘 조이는 근육이 약해졌나 보다.
제길. 다시 자리로 돌아와 한숨 잤다.

목이 말라 깨서 다시 식당칸으로 갔더니 점원이 날 알아본 듯
맥주를 준다. "노, 노 워터 플리즈^{No No, Water Please}"라 하니 그제야
웃으며 물을 준다. 여기서도 술꾼으로 낙인찍힌 건가? 속으로
웃음이 나왔다.

6시간 반만에 사리아에 도착했다. 비교적 큰 마을이다. 구글맵을
켜 숙소 알베르게를 찍었보니 다행히 그리 멀지 않아 보였다. 마을
구경을 하며 걷다가 산티아고 순례길 상징인 조개껍질을 발견했다.
이제 본격적인 순례길 코스로 접어든 것이다.

15분을 더 걸어 숙소에 도착했으나 아무도 없었다. 멍하니 있으니
키 큰 놈이 하나 말을 걸어온다. 여기서는 주인이 자리를 비우는
게 흔한 일이라 무작정 기다릴 수 밖에 없다고 한다. 자기도 지금
기다리는 중이라며 한다. 얘기를 나눠보니 이 친구는 일주일 전
레온부터 걸어온 순례자였다. 또, 왼쪽 다리를 조금 절고 있었는데,
순례가 생각보다 힘들다는 것을 보여주는 듯 싶었다. 서로에 대해
더 물어보려던 찰나, 주인 아주머니가 나타났다. 체크인을 하려고

하니 6인승과 8인승 숙소 중에 선택하라 해서 8인승을 택했다.
그게 여기 순례자들과 좀 더 친해질 수 있을 거 같았다.
이놈의 배꼽시계는 또 어김없이 울린다. 슬리퍼로 갈아 신고
나오니 옆에 이탈리안 레스토랑이 눈에 띄어 바로 들어갔다.
화이트 와인과 함께 '오늘의 전채요리'와 알리오 올리오를 시켰다.
전채요리는 하몽과 치즈가 계란물 듬뿍 먹은 식빵 사이에 잘
숨어있는 맛난 놈인 반면, 알리오 올리오는 마늘을 너무 아껴
흔적을 찾기 힘든 아주 볼품없는 놈이었다. 그래도 추가로 시킨
레드 와인이 맛있어 기분은 좋았다. 시골이라 비싸지도 않았다.
총 11유로, 즉 1만 4천 원 정도 나왔다. 오늘 점심에 이어 저녁에도
술로 하루를 잘 마무리한 듯 했다.
식당을 나오니 비가 조금씩 내리고 있어 바로 숙소로 돌아가기로
했다. 2층 침대 4개가 있는 방으로 들어가니 아까 나와 얘기를
나누던 그 친구가 있어, 못다한 소개를 계속하기로 했다. 이름을
물으니 자기 아픈 다리를 보여주며 "Oh Leg"라 부르라 한다.
귀여운 녀석, 러시아에서 왔단다. 우리는 서로 더 친해진 겸, 내일
아침에 같이 출발하기로 약속했다.
샤워를 하기 위해 들어간 공동 샤워장은 마드리드의 호스텔보다
훨씬 좋았다. 옷도 갈아입고 빨래를 위해 이틀 치 빨랫거리를 들고
세탁실로 향했는데 한 번 돌리는데 3유로, 즉 4천 원 정도란다.
와인 한잔이 0.5유로인 것에 비하면 너무 비싸다. 이 돈 아껴서
와인 사 먹는 게 더 경제적이라는 생각이 들어 손빨래를 했다.
그리고 난 와인 여섯 잔을 벌었다, 야호!
밤 9시가 넘으니 주인 아주머니가 부른다. 가보니 벽난로 쪽에서

술을 들고 있었다. "스드롱, 스트롱"을 외치며 포도와 비슷한
걸로 만든 술을 먹어보라고 권한다. 뭐 그럼 내가 한잔 먹어주지.
한 모금만 마셨을 뿐인데 목에 탁 걸리는 게 느껴졌다. 독한
보드카보다 더 독한 놈이었다. 나도 "쏘 스트롱"이라 외칠 수 밖에
없었고 그 반응에 아주머니는 호탕하게 웃는다.
어느새 순례자들이 벽난로 주위로 다 몰려들었다. 서로 사진도
찍고 얘기를 나누며 단란하고 즐거운 시간을 가진다. 대부분
스페인 순례자라 영어가 잘 안통하긴 하지만 서로 농담 몇 마디는
나눌 수 있었다. 방으로 돌아오니 불이 꺼져 있었다. 벌써 자고
있는 사람들도 있었다. 나도 잠이 기다리고 있는 침대 속으로 몸을
날렸다.

03 순례는 고생이다

눈이 떠졌다. 새벽 4시. 제기랄. 잠 좀 푹 잘려했더니만 한 번 눈이 떠지니 말똥말똥 잠이 안온다. 어쩔 수 없이 순례기를 써야겠다. 8인실이니 아이폰에서 불빛이 새어나갈까봐 부담스럽다. 가장 어둡게 설정해두고 에버노트 앱을 켜 쓰기 시작했다. 서울을 떠난 지 사흘째다. 사실 이 순례기는 시차 때문에 잠이 안 와 시작한 것이었다. 그러나 좋아하는 분들이 늘어나자 계속 써야한다는 의무감 같은 게 생겨버렸다. 그래도 쓸 수 있다는 게 어디냐? 쓰다보니 아랫배가 아파온다. 어제 먹은 독주 때문인 것 같다. 얼른 화장실로 간다. 똥은 쌀 수 있을 때마다 자주 싸야 순례길이 가볍다. 일을 치뤘더니 허기가 졌지만 먹을 것도 없는 듯 해 다시 누웠다. 알람은 오전 7시로 맞춰놓았다.

다시 눈이 떠진 시각은 오전 6시 45분이었다. 15분 더 잘 수 있었다는 것이 아쉬웠지만 일어나는 수밖에 없다. 어제 만난 러시아 친구랑 8시에 같이 출발하기로 했기에 서둘러 준비했다. 꼬로록 거리는 배는 와이프가 싸준 미숫가루와 초코바로 간단히만 채웠다. 어디 조금 가다 보면 아침 먹을 데가 있겠지.

아침 8시, 드디어 나는 순례길의 출발에 올랐다. 표지석은 110킬로미터를 가리키고 있다. 노란색 화살표만 따라가면 된다고 러시아 친구가 알려준다. 기대와 다르게 스페인의 8시는 아직 깜깜한 밤이다. 비까지 추적추적 내리고 으스스한 기운마저 느껴진다. 오늘의 일출은 8시 48분이라 한다. 그전까지는 어둠 속에서 걸어야할 판이다. 다행히 어두워 화살표가 잘 안 보이더라도 함께 걷는 순례자가 손전등을 비춰준다. 이정표를 찾고 또 걷는다. 산 속으로 들어간다. 숨이 찬다.

순례자들은 다들 지팡이를 들고 있다. 나는 가다가 산길에 있는 나무 막대기를 지팡이로 쓸 생각으로 굳이 사지 않았다. 그런데 마땅히 쓸만한 나무 막대기가 잘 보이지 않는다. 앞선 순례자들이 미리 가져간 걸까. 좀 더 헉헉대며 걷다 보니 약간 구부러진 막대기가 하나 보여 이내 집어 들었다. 툭툭 털며 잔가지들을 정리하니 제법 쓸만한 놈이었다. 걸음이 한결 편해졌다.

순간, 영화 〈캐스트 어웨이Cast Away〉에서 톰 행크스가 배구공에게 '윌슨'이라는 이름을 지어준 것처럼 나도 나무 막대기에 이름을 지어줘야겠다는 생각이 들었다. 순례길인 까미노와 비슷한 '까미'는 어떨까. 좀 더 걷다 밤도 하나 주웠는데, 그 친구는 '바미'라고 지었다. 둘 다 든든한 이름이다. 오른손엔 까미, 왼손엔 바미를 잡고 걸으니 친구 두 명이 생긴 느낌이 들어 괜시리 웃음이 났다.

계속해서 언덕을 올라갔다. 갈수록 비도 더 거세지고 길도 더 질퍽질퍽하게 느껴지자 산티아고 오기 전의 일들이 생각났다. 퓨처플레이 한재선 박사*와 산티아고 유경험자이자 그의 아내

---

* 현 그라운드X 대표

권징우 대표와 지녁자리를 같이 할 기회가 있었다. 순례길에 제일 중요한 준비물이 뭐냐는 질문에 그들은 딴 건 다 포기하더라도 등산화는 좋은 것을 사 신으라는 답변을 줬다. 그것도 발목 감싸는 방수등산화로 꼭 사 신으라 몇 번 강조했건만, 나는 무시하고 내가 원래 쓰던 등산화를 신고 왔다. 그들은 "고생 많이 하고 오라"며 장난 섞인 안부로 날 배웅해줬다.

문득, 순례길에 오르는 내 차림새에 대해 생각했다. 스페인 지역을 선교하다 돌아가신 예수의 제자 야고보＊를 보러 천년 전부터 수많은 순례자들이 걸어다닌 산티아고 길을 나는 방수복, 죽이는 배낭 등 각종 초경량 제품으로 무장하고 있었다. 조금 부끄러웠다. 이렇게 무장하고 가는 건 고생하는 순례가 아니다. '까미'와 같은 동반자만 겨우 챙겨가는 것이 알맞겠다.

사리아에서 오늘 목적지인 포르토마린까지 가는 길에 유독 밤나무가 많았다. 어두운 길에 둥글둥글하게 밤송이들이 밟혔고 익숙한 향기에 혼자 미소 지을 때도 있었다. 하지만 시간이 지나면서 밤꽃 향기의 여유는 하나의 사치임을 이내 알게 되었다. 배가 너무 고프다. 초코바 하나에 한 컵 미숫가루는 도무지 성에 안찬다. 두 시간을 넘게 걸어왔지만 레스토랑이 한 군데도 보이지 않는다. 순례자들에 밟혀 뽀얀 속살을 드러낸 밤을 다 주워 먹고 싶다. 밤꽃 향기가 뭐다냐? 다 주. 워. 먹. 고. 싶. 다.

그래, 『마션』 책을 버려야 돼. 그리고 스테인리스 보온병까지. 내가 미쳤지 왜 이걸 가져왔을까? 특히, 며칠전까지 재밌게 읽던 책이 이제는 무거운 짐으로 느껴졌다. 잠 안 올 때 친구였던 것은 전혀 기억나지 않는다. 지금은 단지 1킬로 정도 무게를 내는 나쁜

＊ 영어로 James

30

놈이라는 것 밖에. 차라리 전자책을 가져왔어야 했다.

반면 내 앞뒤로 걷는 순례자들은 도무지 쉴 기미조차 보이지
않는다. 이들은 거의 세 시간에 한번 정도 쉬는 것 같다. 건장한
유럽 사람들 체력에 맞춰 걸으니 녹초가 된다. 그렇게 세 시간을
비바람 헤치며 고군분투하니, '내가 왜 여기 왔나'라는 생각이 막
들려고 할 때쯤, 꿈에 그리던 카페가 나타났다. 오 마이 갓.
판초우의와 배낭을 벗어두고 카페로 들어갔다. 커피와 참치
샌드위치를 둘 다 큰 것으로 시켰다. 샌드위치를 다 먹고 하나 더
먹고 싶어 주문하고 돌아오니, 먹던 커피가 사라져 있었다. 그 짧은
사이 종업원이 치웠나 보다. 내 아까운 커피. 나는 어쩔 수 없이
주님을 찾았다. "레드 와인 플리즈"
든든한 식사로 배도 채우니 한결 살 것 같다. 신은 우리에게 딱
감당할만한 고통을 주시는 것 같다. 이렇게 세 시간의 힘든 코스
뒤에 빵과 주님을 허락해 주니 말이다.

다시 걷는다. 지금까지 15킬로 걸었으니 목적지까지는 10킬로가
남았다. 이제는 내리막이 많은 코스다. 아까보다 비가 더 내린다.
방수 재킷에 판초우의 까지 입으니 속은 땀으로 흥건히 젖는다.
아까 카페에서 다른 옷으로 갈아입었음에도 불구 또 축축하다.
젠장.
다행히도 이제는 카페가 자주 보였고 나는 순례자여권인
크레덴시알Credencial에 도장인 세요Sello를 받기 위해 계속 들렀다.
이 도장을 받아둬야 산티아고 대성당 도착했을 때 순례 완주
인증을 받을 수 있고 순례자들을 위한 미사에서 이름이 호명되며

축복기도를 받을 수 있다.

카페를 지나 풍경을 지나, 또 걷는다. 멀리 강 건너 포르토마린이 보인다. 빗속을 뚫고 와서 그런가 더욱 아름답다. 이제부턴 본격적인 내리막길이다. 작은 마을을 하나 통과하는데 소떼가 보인다. 그때 마침 소 목장에서 소를 풀어 모는 중인가 보다. 골목길에는 소와 순례자가 뒤섞여 내려가고 있는 모습은 개판, 아니 소판이다. 한참을 소와 함께 가다 보니 뒤에서 순례자들이 부른다. 그 길이 아니라고. 소에게 속아 넘어갈 뻔했다.

포르토마린에 들어가기 전 강을 건넌다. 하류에는 물고기를 모으려고 V자 모양으로 돌을 쌓아 물길을 바꾼 것들이 여럿 보인다. 포르토마린 입구 계단을 올라가서 문을 통과하니 마을이 나타난다. 27킬로의 도보를 완료했다. 다행히 물집도 살짝 잡힐까 하는 수준이었고 등산화도 많이 젖지 않은 듯 싶었다. 고된 일정을 끝냈지만 여유를 부리기엔 아직 이르다. 빨리 숙소, 즉 알베르게^{Albergue}를 구해야 한다. 두리번거리다 식당 딸린 멋진 알베르게가 보여 들어갔다. 꾀죄죄한 모습으로 "잘 침대 있나요?"라고 물으니 있단다. 다행히다. 나를 이어 독일 여자애도 들어와 방이 있냐고 묻는데 주인은 없다고 답한다. 야호! 운이 좋았다. 방에 짐을 정리하고 후다닥 샤워를 마치니 인간의 모습으로 돌아왔다.

이제는 나에게 포식을 허락할 시간이다. 식사 전에 주님 영접은 필수, 맥주부터 한 잔 주문했다. 주 메뉴로는 뭘 먹을까 고민하다 티본 스테이크와 과일 샐러드를 시켰다. 오늘의 나는 푸짐하게

맛있는 음식을 먹을 자격이 있다. 음식이 나오기 전 휴대폰을
확인하니 KTB에서 같이 근무했던 정재우가 연락을 보내왔다. 뭐
먹고 다니냐고. 그래서 스테이크 먹는다고 맛스런 사진을 찍어
보냈다. 뭐 먹으러 순례길 갔냐고 나무란다. 칫! 잘 먹어야 걷지.

미국 아주머니 세 분이 들어오신다. 프랑스 생장부터 걸어오는
길이고 그 일수는 32일째란다. 난 오늘이 첫날인데 말이다. 그중 한
명에게 왜 까미노에 왔는지 물었더니 이번이 두 번째라면서,
첫 번째는 텔레비젼에서 순례길을 소개하는 것 보고 가게 되었고
그때 느낌이 너무 좋아 이번에는 친구 두 명을 데리고 다시 그
코스를 걷고 있단다. 그러면서 나한테도 왜 왔는지 묻는다. 내
대답은 "제 인생을 좀 바꿔보려구요I wanna change my life"였고 이 말을

듣자마자 자기도 그렇단다. 심지어 자기는 여기를 오려고 식상까지 관뒀다고 한다. 나도 지난주에 관뒀다고 맞장구쳤더니 좋아라 한다. 다인실은 이런 면이 좋다. 사람 사는 냄새가 난다. 사람들과 얘기를 나누고, 빨래를 돌리고 보니 어느새 밤 10시가 되었다. 밖에선 낭만적인 기타 선율에 맞춰 노래 부르는 소리가 들린다. 좋은 분위기에 오늘은 푹 잘 수 있을 듯 하다.

04 페이스를 지키세요

이 빌어먹을 『마션』은 왜 이리 무거운 건지 모르겠다! 주인공 놈은
도대체 화성에서 얼마나 오래 살아남았길래 이렇게 생존기를
두껍게 쓴 거지? 짜증이 몰려온다. 진짜 버려야 되나?

어제만 해도 비록 물 빠진 생쥐 같더라도 빗속을 뚫고 걸은
뿌듯함이 있었다. 늦은 오후가 되기도 전에 숙소를 잡을 수 있어서
시간적인 여유도 있었을 뿐더러 다리 상태도 나쁘지 않았다.
그런데 오늘은 사뭇 달랐다.
먼저 이번 순례길 유일한 친구이자 동반자인 지팡이 '까미'
얘기부터 해야겠다. 어제 나는 이른 저녁식사로 시간적 여유가
좀 생겨 뭘 할까 고민하다 까미를 좀 다듬어야겠다는 생각이
들었다. 챙겨온 맥가이버 칼을 꺼내 남아있는 지저분한 가지도
정리하고 껍질도 깔끔하게 제거해주니 까미도 샤워를 한 나와 같이
뽀송뽀송해진 느낌이다.

나는 이제 막 순례길에 올랐지만, 걷다보면 순례길에서 날아가는
듯한 분들도 종종 만날 수 있다. 보통 프랑스 생장부터 30여 일
가까이 걸어온 분들이다. 이러한 순례자들의 일상은 반복적이고

단순하다. 아침 7시에 짐을 꾸리는 것으로 시작한다. 난 아직도 비몽사몽이고, 버벅거리지만 다른 이들은 순식간에 채비를 마친다. 짐을 다 꾸린 후에는 발을 만진다. 바셀린 같은 연고를 바르기도 하고 밴드도 붙이기도 한다. 그리고 각자 아주 빠른 속도로 간단히 아침을 해치운다.

나는 전날에 겪었던 허기가 너무나 생생하게 기억나 아침으로 어제 스테이크 먹을 때 꼬불쳐둔 빵을 먹었다. 자판기 커피 두 잔 뽑아서 돌처럼 딱딱한 빵을 찢어 커피에 찍어 넘긴다. 먹어야 산다. 먹어야 걸을 수 있다.

8시쯤 숙소를 나오니 줄지어 걸어가는 순례자들의 행렬이 보였다. 그 무리에 나는 자연스럽게 합류했다. 다들 이미 빠른 속도로 걷고 있다. 뭐 한달 동안 그 짓만 했으니 안 빠르면 이상한 거겠지. 그렇다고 이제 막 순례길에 오른 내가 그들 속도에 바로 맞출수도 없는 노릇이다. 출발 무렵부터 함께 걸은 동행 중 한 명인 영국인 아저씨, 로버트도 연신 "킵 유어 페이스"란다. 'Keep your Pace' 인가, 'Keep your Faith'인가. 아님 둘 다인가?

순례길은 장거리다. 그리고 인생도 길다. 둘 다 페이스 조절이 중요하고 신념을 지키는 것도 중요하다. 로버트는 일흔 정도 되어보이지만 나름 빠른 페이스로 잘 걷는다. 나는 그와 30분쯤 함께 걷다 언덕 부근에서 도저히 스피드를 못 맞출 거 같아 얘기했다. "먼저 가세요 Please go ahead"

인생에서도, 사업에서도 페이스 조절은 중요하다. 살다 보면 먼저 사회에서 성공한 사람이 나오기 마련이다. 부럽기도 하다. 그렇지만 마냥 부러워서 급하게 따라가다가는 지치기 마련이다. 인생은 긴 마라톤과 같다. 페이스 메이커로만 살기엔, 타인의 페이스에 맞춰 따라가기만 하기엔 우리의 인생은 무척 소중하다. 각자의 페이스가 있는 법이다. 그러니 냉정을 유지하며 페이스를 조절하는 것이 필요하다. 마지막 피치를 올리기 위해서 말이다.

여기 오기 전 나는 그래도 미래에 대해 많은 준비를 하고 왔다. 지난 2월 말부터 앞으로 할 일을 구체화시켜왔고 그 내용은 새로 만들 회사에 대한 구상, 특히 누구를 파트너로 삼을지였다. 사람은 제일 중요한 요소다. 5월 초 쯤엔 첫 파트너 영입도 거의 끝내둔 상태라 다행이라 생각했지만 예정된 파트너가 회사를 옮길 수 없는 상황이 갑자기 발생해 속된 말로 멘붕이 오기도 했다.

그래도 그와 함께 영입하려고 했던 A가 합류하기로 해서 마음이 놓였다. 그런데 두 명만으론 부족했다. A의 지인이기도 한 B도 합류한다면 우리는 최강의 팀이 될 수 있을 것이다. 그래서 나와 A는 B를 합류시키기 위해 두 달 동안 많이 만나고, 많이 얘기했고 그 결과, 7월 중순 우리 세 명은 점심때 강남의 어느 일식집에 모였다. 내 나름으로는 기대가 꽤 컸다.

"마음의 결정은 하셨는가?"
"형, 이번에 힘들 거 같아요. 회사에서도 중책이 맡겨졌고 사실
따로 준비하고 있었던 것도 있고"
"그래 알았다. 먹자"

사람이 제일 중요하다. 그래서 사람 영입이 제일 힘들다. 이 친구를
알고 지낸 지도 5년째다. 그동안 술도 많이 먹고 얘기도 많이 한
친구인데 쉽지 않았다. 그래도 포기할 순 없다. 7월 말 이 친구에게
편지를 하나 썼고 보내려니 회사 이메일 밖에 모르는 상황이었다.
혹시 스크리닝될지 몰라 차라리 카톡으로 보냈다.

   사랑하는 B에게,

   함께 술은 많이 먹은 것 같은데 이런 메일은 처음이구나.
   모르지 이메일이 힘들면 카톡으로 보내게 될지도.
   처음 벤처캐피털 회사 만들 계획을 세우면서 제일 먼저
   떠올랐던 얼굴이 자네였네. 뭔가 함께하면 끌리는 것이 있고,
   대화도 잘 통하고 해서 내가 VC를 한다면 자네를 1순위로
   생각해 두었거든.
   VC는 사람이 처음이자 마지막이라고 해도 과언이 아니지.
   그래서 나도 더 신중히 생각하고 있고. 지난주에 A와도 얘기를
   했는데 자네랑 꼭 함께 하고 싶다고 하더군.
   물론 자네가 꿈꾸는 인생이 있을 것이여. 그리고 그것이
   자네에겐 무척 소중하리라 믿어. 그래도, 지난 몇 년간 서로

알아온 우리의 인연도 소중하지 않을까? 거기에 자네와 꼭 함께
VC를 만들고 싶어 하는 두 남자의 마음도 소중하고 간절하지
않을까?

다시 한번 마음을 한번 움직여 보시게. 우리 두 사람의
간절함이 부디 자네에게 전달되길 바라네. 이런 진심을 담은
간절한 마음을 받는 것만으로도 자넨 이미 성공한 인생을 산
거지. 내가 너무 앞서간 건 아니겠지?

난 서로 마음 통하는 사람들이 진심을 담아 처음부터 하나하나
만들어 가는 VC를 꿈꾸네. 자유로운 커뮤니케이션 환경과
서로에 대한 신뢰, 그리고 투자에서도 나름 한국 경제에 기여할
수 있는 그런 것들을 하면서 말이여.

내가 정한 우리 회사의 캐치프레이즈는 'Creating Jobs,
Boosting Korea' 일세. 다소 거창해 보일지 몰라도 양질의
일자리를 창출하여 우리나라 국격을 높였으면 하네.

그러니, 자네의 인생 계획 살짝 몇 년만 뒤로 미뤄주고 새로
시작하는 우리 VC에 자네의 힘을 보태주면 안 되겠는가?
간절한 마음을 담아 다시 한번 부탁해 보네.

2015년 7월 22일 이희우 올림.

아쉽게도, 이 편지는 긍정적인 답변을 받지 못했다. 또 까인 것이다.
쳇! 팀빌딩이 원래 이런 건가? 내가 '쫄지마 창업스쿨'에서 주로
'스타트업 팀빌딩'을 가르치고 있는데 나에게도 이런 시련이
있다니. 이거 제대로 못하면 앞으로 이 과목 어떻게 가르치나? 쩝!

다시 순례길로 놀아오자. 언덕에 다 오르사 해가 떠오르는
것이 보인다. 앞서가던 로버트 아저씨가 날 보며 외친다. "뒤 좀
돌아보세요. 너무 아름답네요.Look backward, it's a lovely day" 앞만 보고
걸어왔구나. 가끔 뒤도 돌아봐야지. 그래야 이 세상의 아름다움을
알지. 인생도 그런 거지. 실로 폭우가 쏟아지던 어제와 대비되는
너무나 아름다운 풍경이다. 이 맛에 아침 일찍 걷는가 보다.
순례자들은 보통 아침 8시부터 오후 3시에서 늦게는 4시까지,
시간상으로는 하루 7시간 정도, 거리로는 25킬로 정도 걷는다.
이것만으로는 왜 일찍 출발해야 하는지 이해하기 힘들다. 진짜
이유는 숙소에 있다. 알베르게는 곳곳에 있지만 온라인으로 예약이
안 되는 곳이 대부분이라 목적지에 일찍 도착해야 좋은 숙소를
구할 수 있다. 그래서 다들 매일매일 전투 치르듯 열심히 걷는다.
천년 전에는 조금 달랐을 것 같다. 그때는 숙소 문제 때문이 아니라
빨리 도착해서 선교를 하기 위해 열심히 걷지 않았을까 싶다.
오늘은 두 시간을 걸으니 카페가 보인다. 이미 앉아있던 손님들의
테이블에는 스페인식 브런치 메뉴가 여럿 보인다. 그중 나는
계란 프라이 2개, 소시지 7개가 삶은 감자 위에 올려져 있는 것을
주문한다. 5유로, 즉 7천 원 정도라 한다. 싸다.

감자라고 하니 화성에서 고생하고 있는 『마션』이 떠오른다. 이
친구가 구조선이 오기까지 견뎌야하는 시간은 4년이었는데, 이
시간을 버티기 위해 가장 중요하게 생각했던 식량자원이 바로
감자였다. 그 감자를 키우기 위해 흙과 물이 필요했는데, 둘 다
만만치 않은 과정이었다. 특히 물은 고가의 각종 장비와 화학적

지식을 활용하고 나서야 구할 수 있는 귀중한 자원이었다. 그리고
그걸 마시고 자란 감자는 더욱 귀중한 것이었다. 그런 감자란,
얼마나 축복인가. 고된 순례길을 걷고 난 후에 먹는 감자는 너무
맛나다.

거의 먹어갈 때쯤 아까 만났던 아주머니 셋이 들어온다. 다시
만나니 친구마냥 반갑다. 아쉽게도 그들은 이제 막 도착했고
나는 식사를 마쳤으니 다시 걸어야한다. 우리는 재회를 약속하고
헤어진다. 다시 도로변을 끼고 계속해서 올라가는 지루한 길을
걷는다. 이 망할 놈의 책은 또 나를 괴롭힌다. 읽은 부분은
찢어 버리고 남은 부분만 들고 갈까? 그냥 다 버리고 한국에서
전자책으로 다운받아 볼까? 이 놈의『마션』.

나를 괴롭히는 건 책뿐만이 아니다. 오른쪽 발이 슬슬 아파오더니
오른쪽 검지 발가락에 물집이 잡힌 듯 했다. 참고 계속 걷지만 그
발가락의 따끔거림이 자꾸 신경쓰인다. 이윽고 왼쪽 종아리가
뭉치기 시작한다. 이제는 모든 신경이 종아리로 쏠린다. 이런
걸 경제학 용어로 '구축효과 Crowding-out Effect' ＊라 하지. 즉, 왼쪽
종아리의 고통이 오른쪽 발가락의 쓰라림을 밀어낸다고나 할까?
힘드니 별소리를 다하네.

뒤이어 배낭의 무게도 나를 짓누른다. 내 업보요 내 삶의 책임이다.

＊ 정부의 재정지출 확대가 민간의 투자 위축을 발생시키는 것

내가 지고 가야 한다. 오른쪽 발가락, 왼쪽 종아리, 그리고 끊어질 것 같은 어깨, 삼박자의 고통이다. 아, 힘들다. 이때 성경구절이 떠오른다. "엘리 엘리 라마 사박다니 Eloi Eloi Lama Sabachthani" 나의 하나님, 나의 하나님, 왜 나를 버리십니까?

그래도 아침을 빵으로, 브런치를 '감자+소시지+계란 프라이'로 든든히 먹어서인지 몰라도 오후 1시 30분까지 쉬지 않고 계속 내달릴 수 있었다. 역시 삶에 있어 에너지는 중요하다. 또 카페가 보인다. 종아리가 너무 땡겨 이번에는 쉬어야 했다. 초코바 하나와 직접 만드는 오렌지 주스를 시켰다. 상큼한 주스가 고된 몸에 활력을 부어줬다. 한 잔 더 시켜 한 번 더 에너지를 충전했다. 오래 있으면 퍼질 거 같아 바로 일어났다.

잠시 쉬었다고 해도, 한쪽 다리 때문에 나는 계속 절뚝거렸다. 그럴수록 의도적으로 더 힘차게 걸었는데 빨리 도착해서 쉬고 싶기도 했고 이렇게 걸어야 고통이 줄어들었기 때문이다. 쉼새없이 걷다보니 금새 팔라스 데 레이 마을이 보였다.

05 가끔 뒤돌아보자

걱정 마시라. 『마션』은 아직 안전하다. 혹 내가 나중에 화성에서 조난을 당했을 때를 대비해서 살려 두기로 했다. 그 대신 '바미'의 친구들이 희생양이 되었다. 가장 작고 예쁜 바미 하나만 남겨두고 바미와 함께 주운 밤 다섯 알을 두고 갈 수 밖에 없었다. 미안해 친구들아.

어제 숙소는 참으로 특이했다. 처음엔 약간 이상했다고나 할까? '팔라스 데 레이'에 도착하자마자 삼거리에 있는 알베르게에 들어갔다. 동네 할배들과 카드를 치고있던 주인에게 잘 침대 하나 있냐고 물으니 옆 계단으로 날 인도해줬다. 10유로, 즉 1만 3천 원에 2인실 1층 침대 칸을 배정받았다. 근데 오후 3시쯤인데 순례자가 나 밖에 없었다. 조금 이상했지만 일단 샤워부터 해야 했다. 고된 몸을 씻으니 잡생각이 싹 날아갔다.
옷을 편하게 갈아입고 주린 배를 채우기 위해 나섰다. 매서운 바람이 부는 거리에서 나는 다리를 절뚝거리며 식당을 찾기 위해 애썼다. 여행지에서는 풍경도 좋지만 맛있는 먹거리를 찾는 것 역시 쏠쏠한 재미 중 하나다. 그저께는 티본 스테이크를 먹었다. 그리고 어제는 폭찹과 맥주로 배를 듬뿍 채우기로 했다. 저녁을 다

믹어도 시간은 채 4시도 안되있다.

다시 숙소로 돌아오니 1층 바에서 일하고 있는 주인이 날 보고 즐겁게 인사해줬다. 이내 "비어 플리즈"라 외치며 맥주를 시켰다. 알베르게 주인은 맥주만 시켜서 안쓰러웠는지 조그마한 종지에 돼지고기, 소시지, 감자 등을 넣어 만든 스튜도 함께 가져다 줬다. 근데 이게 대박이었다. 얼큰하면서도 구수한 국물이 그리웠는데 딱이었다. 이거 하나 더 얻어먹으려 맥주를 더 시켰음을 부인하진 않겠다. 그렇게 맥주 네 잔을 해치우고 나서도 6시밖에 되지 않았고 여전히 방 세 개, 총 열대여섯 개의 침대에 어느 한 명의 순례자도 없다. 이 알베르게에서는 다음날까지도 내가 유일했다.

여기까지가 어제 일이다. 특별히 이상한 일은 아니었지만 사람들과 걷는 순례길에, 혼자 한 마을을 숙소로 쓰는 듯한 묘한 기분이 들었다. 하여튼, 오늘도 루틴의 반복이다. 7시에 일어나 전날 저녁에 챙겨둔 빵을 먹고 8시에 숙소를 나왔다. 처음엔 시내에서 약간 헤맸다. 한참을 걸었는데 아무 순례자도 안 보이길래 다시 돌아와서 어느 순례자 무리라도 지나가길 움직이길 기다렸다. 그리고 그 무리에 합류했다.

산티아고 가는 길은 주로 해를 등지고 걷는다. 동쪽에서 대서양 쪽에 가까운 서쪽으로 가는 것도 그 이유이지만 주로 해뜨기 전 시작해서 오후 3시 전에 마치기 때문에 해를 마주하며 걷는 경우가 거의 없다. 그래서 멋진 풍경을 보기 위해선 어김없이 뒤를 돌아봐야 한다. 어제 로버트 아저씨의 조언이 있어 오늘은 자주 뒤를 돌아봤다. 그럴 때마다 볼 수 있는 하늘은 정말 명품이다.

사리아 - 산티아고   47

어떻게 이런 때깔이 나오는지.

인생도 뒤돌아볼 때 여유가 생긴다. 그 여유 속에서 자신의
과거를 반추해야 미래를 설계할 수 있다. 우리 인생이 성공의
연속만이라면 그 인생도 참으로 재미없을 것이다. 그리고 성공만
한다면 자만심만 더 강해질 수 있다. 실수도 하고 실패도 하면서
우리는 성장한다. 뒤돌아보면서 후회만 할 것이 아니라 실패를
곱씹고 잠시 여유를 가지고 더 나은 방향으로 나갈 수 있게 바꿔야
한다. 그러면서 조금씩 다듬어 가는 것이겠지.

조금 더 걸으니 아름다운 숲속길이 나왔다. 다시 만난 미국
아주머니들은 여기가 800킬로미터 산티아고 길 중에서 가장
이쁘다고 했다. 약간은 동굴 같기도 하고 나무뿌리가 보이는
깊숙이 파인 그 길을 걸어가니 배낭의 무게가 전혀 느껴지지
않았고 발걸음도 가벼웠다. 벌써 '러너스 하이Runner's High' * 상태에
도달한 것인가?

경쾌한 발걸음으로 숲속길을 뚫고 나오니 아주 작은 마을이
나왔다. 마을 곳곳에는 자신의 집 벽을 순례길 표식인 가리비
조개로 이쁘게 화살표를 만들어 둔 게 보였다. 아주머니들이
거기서 사진을 찍으며 물을 마신다. 나도 찍고 있으니 그들이
한마디 한다.

"마마 가라사대, 물을 마시거라Camino mama says, drink water"

* 일정 시간 이상 달렸을 때 몸이 가벼워지고 경쾌한 기분이 드는 것

물을 마시니 온 몸에 생기가 돌았다. 이 순간에도 날아오는
아파트 담보대출 상환 문자 따윈 신경쓰지 않을런다. 넓게
펼쳐진 평지만이 눈에 들어왔다. 더 깊은 생각에 빠지려는 찰나,
아주머니들이 사진을 찍어달라고 하고 있었다. 흔쾌히 찍어주고
나도 찍어달라 부탁했다.

오늘의 1차 목적지는 멜리데, 문어숙회인 뿔뽀Pulpo로 유명한
곳이었다. 산티아고 오기 전 만난 권정우 대표는 멜리데의
문어숙회는 먹어야 한다면서 식당도 추천해줬다. 꼭 먹어보겠다는
집념으로 세 시간동안 쉬지 않고 걸어 도착했지만 그 식당은
도저히 찾을 수가 없었다. 결국은 포기하고 순례자들이 많이
들어간 식당으로 들어갔다. 그냥 눈에 들어온 식당으로 들어간 것
같기도 하다. 이름은 '까사 알롱고스Casa Alongos'였다.
목이 말라 콜라, 맥주 그리고 생수를 시켰다. 왜 이리 많이 시키냐는
눈치를 주는 듯 했지만, 남이사. 메인 요리를 빼먹을 순 없다.

문어숙회와 여기만의 시그니처 메뉴라는 문어버거를 시켰다.
괜히 문어로 유명한 곳이 아니었다. 숙회를 한 입 먹자마자
'와아'하는 감탄사가 절로 나왔다. 부드러운 식감과 입안에
퍼지는 달콤 짭짜름한 맛은 지친 순례자의 심신을 어루만져 줬다.
하나 더 먹고 싶어 추가로 포장해주실 수 있냐고 물으니 가능은
하나 식으면 딱딱해서 맛이 없어진다고 하지 말란다. 양심적인
주인이었다. 문어버거는 문어숙회를 다져서 패티처럼 얹은 것인데
이 또한 별미였다. 입 한 번 제대로 호강했다.
다시 짐을 싸 출발하는데, 오십 미터 정도 걸어 올라가니 그제야
좌측에 권 대표가 추천한 식당이 보였다. 만만치 않은 기운이
느껴졌다. 고작 오십 미터를 못 참아 이 식당을 못가게 되다니.
그래, 우리 인생이 그렇지. 그래도 여길 몰랐을 때 아까 그 식당이
나에겐 최고였다는 생각이 들기도 했다. 우리 인생의 수많은
선택의 순간에서도 이렇게 생각하면 편하다. 문어요리 하나에 멋진
교훈까지 얻고 간다.
계속 언덕을 오르니 내리막이 나온다. 뒤에서는 열심히 걸어오는
동양계 청년이 보였다. 아까 그 문어 식당에서도 본 적있다.
"익스큐즈 미, 웨어 아유 프롬?" 라고 물으니 한국에서 왔단다.
정확히는 폴란드 파견근무 중 휴가를 온 한국사람이었다. 국내
굴지 대기업 폴란드 주재원이다. 순례길에 오른지 4일만에
한국사람을 만났다. 자기도 한국사람들을 많이 만날 줄 알았는데
내가 처음이란다. 영어로만 떠들다가 우리나라 말 하니 편하다.
이것도 인연이니 숙소도 함께 구하기로 했다.
드디어 리바디소를 지나 언덕을 올랐다. 최종 목적지 아르수아에

도착했다. 이제 이 친구와 제대로 파티를 즐길 일만 남았다. 주님 기다려 주세요.

06 왜 산티아고인가?

새벽 2시, 오늘도 어김없이 눈이 떠졌다. 사타구니가 축축한 느낌이
들어 급히 손을 넣어 확인했다. 다행히도 아니었다. 여기까지 와서
몽정을 했으면, 순례에 대해 무례를 범할 뻔 했다. 오늘도 어제처럼,
그저께처럼 또 순례길에 오른다.

신기한 게 힘든 순례길 도보를 마치고 배낭을 벗어 놓으면 다리를
절뚝거리고 계단 내려가는 것도 힘들어진다. 나뿐만이 아니다.
다들 비슷한 거 같다. 그런데 다음날 아침에 다시 배낭을 메면 언제
그랬냐는 듯 다들 너무 잘 걷게 된다. 옆에 있는 친구는 다 이게
'배낭 증후군'이란다. 배낭을 메야만 삶의 무게가 느껴져 아프지
않는 것일까.

아르수아 도착해선 모처럼 마음껏 빨래를 했다. 오후 4시, 아직
햇살은 뜨거웠다. 빨래를 그 따가운 햇살 아래 말리는 건 묘하게
기분 좋았다. 이 짜릿함을 느껴보지 않은 사람은 모를 것이다. 계속
빨래를 실내 침대 부근에 널어 매번 덜 마른 상태로 배낭에 넣고
다녀 그런가 옷에서 냄새가 많이 났었다. 눅눅하기도 했고. 그런데
드디어 제대로 바짝 말릴 수 있게 된 것이다. 거기에 바람까지 살짝
불어주니 이럴 때만 느낄 수 있는 호사였다.

언덕 아래에서도 문어숙회를 먹었다. 여기도 문어가 너무 맛있었고

사리아 - 산티아고

맛난 안주가 있으니 술이 또 따라왔다. 같이 동행하던 사람은 와인 한 병도 시켰다. 이 친구도 사리아에서 걸어왔다고 한다. 첫날에 비가 와서 고생했다는 얘기를 하며 웃고 떠들자 순식간에 와인이 다 비워졌다. 한병 더 시킬까 했지만 다음날을 위해 참았다.

아침 8시. 하늘의 별이 너무 아름다워 자연스레 걸음이 가벼워졌다. 저 산 너머에서는 여명이 밝아왔다. 해뜨기 직전의 은은한 아름다움이 느껴졌다. 나는 수시로 뒤돌아보는 것을 잊지 않았다. 8시부터 2시간 정도의 도보는 그리 힘들지 않다. 기운도 있고 아침의 상쾌함도 있기 때문이다. 딱 힘들어질 때쯤엔 기가 막히게 어김없이 카페가 나타나기도 한다. 오늘도 그렇다. 도저히 그냥 지나칠 수 없어 참치 샌드위치랑 크림빵, 그리고 막 짜낸 오렌지주스를 시켰다.
맛있는 브런치를 한참 음미하는데 SKT 김정수 실장님이 문자를 보내오셨다. "순례자의 길은 왜 걷고 계세요?" 글쎄. 나도 왜 걷는지 잘 모르겠다. 물론 처음엔 걷는 이유가 분명히 있었다. 그런데 여기 와서 걷다 보니 그 이유를 잊어버렸다. 너무나 아름다운 자연과 열심히 걷는 사람들 틈에서 말이다. 그래서 솔직하게 그 이유를 모르겠다고 보냈더니 자기도 은퇴하면 꼭 걷고 싶은 길이란다. 그런 곳이다.

오늘은 울창한 유칼립투스 숲을 지나간다. 올곧게 하늘로 치솟은 그 나무 숲길을 걸으면 정신도 바로 서는 듯하다. 연신 순례자들은 "부엔 까미노$^{Buen\ Camino}$"를 외치며 인사한다. 여기 말로 '즐거운 순례길 되세요' 라는 뜻이다. 나도 그들이 즐겁기를 열심히 외쳤다. 한참을 걸으니 산티아고가 30킬로 남았다는 안내 표지석이 보였다. 기쁨도 잠시, 다시 그 오른쪽 발가락 물집이 아려오기 시작했다. 왼쪽 발바닥 전체도 여전히 쑤시고 있었다. 이번 순례길에서 드디어 고비가 찾아온 것 같았다.

낮은 돌담이 있어 그곳에서 쉬어 가기로 했다. 돌담이 널찍해보여 이왕 쉬는거 그 위에 누웠다. 다리를 뻗고 있으니 너무 편하다. 이내 잠이 쏟아져 눈을 감았다.

잠깐 졸고 다시 몸을 일으켰다. 또 걸어야했다. 왜 걷냐고 누가 물으면 빨리 도착해서 숙소 구하고 쉬려고 걷는다고 대답했을 것이다. 고생은 사서 하는 것이다. 편히 있으려면 그냥 집에 있으면 된다. 괜히 비싼 비행기값을 들어가며 산티아고까지 와서 걸을 필요가 없다. 걷는 것만 목적이라면 우리나라의 이쁜 길을 걸었을 것이다. 하지만 나는 지금 산티아고에 와있다. 그럼 왜 산티아고인가?

산티아고의 유례는 예수의 열두 제자 중 한 명인 야고보이다. 예수 사후 야고보는 스페인으로 선교를 떠나는데 선교가 그리 성공적이지 못했던 것 같다. 예수의 모친 마리아의 장례소식을 늘고 다시 이스라엘로 돌아온 야고보는 바로 헤롯왕에게 잡혀 교수형에 처해진다. 야고보는 예수의 제자 중 막내로, 제일 먼저 순교를 당한 셈인데 어떻게 보면 허무한 인생이다. 야고보의 제자들은 야고보의 시신을 거둬 그의 뜻을 기려 스페인에 매장했다. 그리고 800, 900년이 흘러서야 그 유해가 산티아고 인근에서 발견되었다.

그 당시 스페인이 속한 이베리아 반도는 이슬람이 장악하고 있던 시기였다. 야고보의 유해를 발견했다는 소식이 전해지자 스페인 가톨릭 신자들을 움직이기 시작했고 스페인에서 이슬람을 몰아냈다. 야고보는 결국 지키고자 했던 종교를 수호하는데 큰 기여를 한 셈이다. 로마 교황청은 그 당시 무슬림에 장악되어 방문할 수 없던 예루살렘에 추가로 산티아고를 성지로 명했다. 유해가 발견된 이곳은 야고보의 이름을 따 '산티아고$^{Sancti\ Iacobi}$', 즉 '거룩한 야고보'로 칭해진다. 야고보는 유럽을 구한 위대한 성인으로 추앙 받았고 천 년 전부터 많은 순례자들이 그 유해를 보러 산티아고를 찾게 된 것이다.

뭐 이게 나랑은 크게 상관이 없는 것은 사실이다. 조금 상관이 있기도 한 거 같지만 이제 다음 주면 돌아간다. 막상 가면 할 일이 있을까? 어떤 기분이 들까? 아직 아무것도 정해지지 않았기에 두려움도 들지만 그런데 그런 걱정이 되지는 않는다. 이게 산티아고 순례길의 힘인가?

순례 중에도 수시로 문자나 이메일이 들어온다. 대부분은 무시하고 필요한 경우 통화 정도만 한다. 딸내미들이 가끔 아빠 보고 싶다고 아이패드로 걸어오는 페이스타임은 예외다. 오늘은 미술학원에서 만든 왕관을 보여주며 누가 만든게 더 이쁘냐고 물어본다.

앞서 밝힌 인천공항에서 산티아고로 떠나기 10분 전, 미국 본사 대표 테드^{Ted}에게 사임의사를 담아 보낸 메일을 이제 공개하려 한다.

사라 브라이트만의 노래 가사를 딴 제목으로 시작하는 이메일을 보내고 나는 바로 아이폰을 비행기모드로 바꿔 두었다. 먼저 떠나서 미안하다는 표현은 하기 싫었기 때문이다. 이제야 진정 떠나왔다는 기분이 들었다.

이젠 떠나야 할 시간이네요 It's Time to Say Goodbye

테드

이제 이별을 고할 시간입니다.

IDG에서 8년이란 시간을 보냈네요, 이제 나의 미래를 위해 회사를 떠나기로 했습니다. 지금 스페인 산티아고로 가서 열흘 정도 걸을 겁니다. 아마도 돌아와서 보스턴으로 가서 펀드 관련 후속 업무를 마무리 지을 겁니다. 그러니 다음 달에 미팅을 가지시죠.

IDG에서 너무나 좋은 시간을 보냈습니다. 그 따뜻한 지지에 항상 감사드립니다.

이희우 올림.

Time to say goodbye, IDG!

이제 아르카도피노까지 12킬로 남았다. 참아야 한다. 이를 악문다.
햇살도 뜨겁다. 다시 『마션』욕을 하면서 마지막 힘을 내 걷는다.
멀리 있는 높은 언덕에 마을이 보인다. 알베르게는 순례길에서
약간 벗어난 언덕을 올라가야 있다. 뙤약볕을 맞으며 아스팔트
언덕을 처벅처벅 올라간다. 드디어 숙소 도착이다. 10월의 햇살은
참으로 뜨겁다.

07 내가 널 택하고 세웠다

멜리데에서 만난 그 친구와의 마지막 저녁은 문어숙회와 와인으로
해결했다. 이놈의 문어는 먹어도 먹어도 끝내준다. 그 때문인지,
우리는 평소보다 조금 늦게 출발하게 되었다. 8시가 지나니 모든
사람들이 출발했지만 우리는 8시 35분쯤 출발했다. 20킬로.
산티아고까지 남은 거리이다.
이 친구와 이별할 순간이 왔다. 1시간 정도 걸으니 카페가 나왔고

이곳에서 자기가 아침으로 카푸치노와 애플파이를 사셨다고 한다.
다 먹을 때쯤 슬그머니 자기는 이제 혼자 다니고 싶다고 얘기를
꺼냈다. 내가 먼저 말하려고 했지만 아침을 샀으니 선수 친 건
당연한 것일지도 모른다. 우리는 서로 건강하라고 빌며 헤어졌다.

애초에 혼자 떠났으니 여행의 마지막에도 혼자이고 싶었을 것이다.
나도 마찬가지였다. 이 친구가 먼저 용기를 낸 거고. 나는 그 용기에
박수를 보냈다. 그 친구를 보내고 홀로 와인을 한잔 시켰다. 어차피
산티아고를 5킬로 남기고 잘 예정이었다. 15킬로 정도만 가볍게
걸으면 된다. 벌써 3분의 1은 왔으니 여유가 있다.
자리에서 일어나서 다시 오래된 나무가 터널처럼 우거진 언덕길을
걸었다. 지난 9월 13일 우리 성가대에서 불렀던 한 찬양곡이
갑자기 생각났다. 사실 나와 와이프는 교회 성가대에서 만났다.
와이프는 성악을 전공한 소프라노 솔리스트고 난 겨우 고음 나올까
말까 하는 테너 파트다. 어쩌면 한 달 전 부른 이 노래가 나의
산티아고 순례에 기름을 부은거나 다름없는지도 모른다.

나 죄악의 어두운 밤 홀로 헤매일 때
밝은 빛 한 줄기 날 꺼내 줬네
나 그 빛 스스로 찾았다 생각했지만
내가 널 택하고 세웠노라 주 말씀 하시네
_우효원, 〈주를 향해 걸어가리〉 중

이 노래를 부르며 언덕을 오르는데 눈물이 왜 그리 나던지. 내가
지금까지 살아오고 여기까지 올라선 것도 다 내가 열심히 해서
그런 줄 알았는데 그게 아니었던 것이다. 택해주시고 세워주신
분이 있었던 것이다. 그러니 내가 뽐내고 자랑할 수 있는 건 하나도
없다. 그분이 나에게 베푼 것처럼 베풀어야 한다. 그리고 이 노래 뒷
가사처럼 이젠 '빛 가운데로 걸어가야 한다'
순례길에 종종 만났던 캘리포니아 아주머니 한 분이 생각난다. 그
분은 내 앞에서 열심히 걸어가다 터널이 나오니 그 중간쯤에 멈춰
섰다. 그리고 눈 감고 노래를 부르기 시작했다. 얼굴은 평화로웠고
노래 곡조는 아름다웠다. 나도 그러고 싶었지만 테너 파트만
연습해서인지 내 목소리를 내가 듣는데 이건 아니다 싶다. 눈물이
나오다 다시 멎는다. 쩝!
좀 더 걸으니 다시 카페가 나온다. 하몽과 나폴리식 스파게티
그리고 와인 한잔을 시켰다. 좀 먹고 있으니 이번에 일본 청년
하나가 카페에 들어온다. 도쿄에서 왔단다. 왜 왔냐고 물으니 답은
"재밌어서Interesting"란다. 그래 그게 다지.
평소보다 여유로운 순례길이라 나 역시도 모든 것이 즐거웠다.
하늘도 한번 더 보고 좀 더 자주 뒤돌아보고 작은 사물도

자세히 보았다. 이런 게 진정한 여유일텐데 왜 여행을 와서도 알베르게만을 보고 걸었을까? 여유로운 순례길을 걸으려고 코스도 짧게, 시간적으로도 넉넉하게 잡은 거였더니만 그저 옆에 걷는 순례자들 의식하며 경쟁적으로 걸었던 거 같았다. 비록 마지막 날이지만 뒤늦게라도 이런 여유를 찾아서 다행이었다. 우리 인생도 목적지를 일찍 정해두고 여유롭게 즐기며 가면 좋을텐데.

가는 길에 격자무늬 철망들로 이루어진 벽이 보였다. 다들 나뭇가지를 주워 십자가를 만들어 그 철망에 끼워둔 듯 했다. 각양각색의 십자가로 이뤄진 그 철망은 장관이었다. 나도 하나 만들어 보고자 재료로 쓸만한 나무를 찾는데 멀찍이 가시가 촘촘히 박힌 나무가 보였다. 기왕이면 가시면류관 느낌의 가시 십자가가 좋을 것 같았다. 만들며 오른손 검지가 찔려 피가 나긴 했지만 그래도 나름 괜찮게 완성했다. 좀 더 단단하게 묶어두기 위해 전날 산 조개목걸이를 이용해서 매듭을 지어줬다.

도시와 가까워지면서 도로 밑으로 만들어온 터널식 인도가 여럿 보이기 시작했다. 대부분 최근에 만들어진 것으로 그 터널에는 다양한 그림과 낙서들이 있어 순례자들을 즐겁게 해 준다. 그중 황찬양님이 2014년 11월 22일에 쓴 시를 하나 여기 옮겨 적어본다. 시기상으로는 많이 추운 날 온 듯 하다.

간절히

황찬양 지음

나는 당신이 누군지 모른다
당신이 어디서 왔고

어떤 이유로 이 길을 걷는지
어떤 일로 기뻐하고 눈물짓는지
어떠한 삶의 아픔이 있는지
나는 전혀 모른다
하지만 한 가지 간절히
정말 간절히 바라는 것은
이 글을 읽고 있는 사람이든
못 읽고 지나치는 사람이든
언어가 달라 읽지 못하는 사람이든
난 지금 당신이 행복하다라고 말하길
간절히 소망한다.

터널식 인도를 벗어나니 지루한 언덕길이 나왔다. 그것도 도로
옆으로 난 길을 따라 한참을 올라가니 오늘의 목적지인 산마르코스
마을이 나타났다. 이제 5킬로만 더 가면 산티아고다. 나는 오늘
여기서 머물지만 나랑 함께 걸었던 이들은 다 오늘 산티아고에
도착할 예정이었다. 그리고 순례자들을 위한 성금요일 저녁 미사를
드릴 것이다. 함께 하지 못해 아쉽기도 하지만 그들의 행복과
무사귀환을 빌어줬다.
이제 몇 시간 후면 산티아고(야고보)를 만날 수 있다. 조금만
기다리세요, 곧 달려갑니다.

08 산티아고, 야고보 무덤 위에 지어진

순례길에 오른지 약 일주일째, 나는 날짜를 잊게 되었다. 단지
순례기에 적으려고 간혹 숫자를 세어볼 뿐, 실제로 나에게
날짜라는 개념은 큰 의미가 없게 되었다. 여기서의 시간은 나
모르게 흘러갔다.

어제는 평소와 다르게 호텔에서 묵게 되었다. 한적하면서도
깔끔했고 무엇보다 욕조가 있었다. 산티아고 온 이래 처음 만난
욕조. 나는 바로 뜨거운 물을 틀고 그 안에 몸을 던졌다. 고단했던
근육이 풀리고 "아 이런 게 또 행복이구나"하고 느껴진다. 샤워를
마치고 저녁을 먹었다. 역시나 문어숙회, 돼지고기, 샐러드로 배를
채워 줬다. 열심히 걸어와서 그런지 소화는 금방 되었다.

4만 5천 원 정도 하는 호텔의 최대 강점은 와이파이였다. 너무나
잘 터져 여기서 두산과 NC의 플레이오프 4차전 하이라이트도 볼
수 있었다. 두산, 올해는 뭔가 일낼 거 같았다. 멀리서라도 응원을
보냈다.

산티아고의 공식 명칭은 '산티아고 데 콤포스텔라Santiago de
Compostela'로, 별이 반짝반짝 빛나는 산티아고라는 뜻이다. 산티아고
유해를 찾지 못할 때 산티아고 부근 하늘에서 별빛이 반짝반짝
빛나서 찾을 수 있었다고 한다.

하여튼 산티아고를 앞두고 나는 숙면을 취했다. 또다시 7시에
일어나 아침은 초코바 하나로 가볍게 때웠다. 밤새 비가 온 듯
했고 아직도 조금은 내리고 있는 듯 했다. 아침에 샤워하는 건
순례자들에겐 사치였지만 이번만은 내 자신에게 허락하기로 했다.
호텔에서 혼자 지내니 이런 사치를 누릴 수 있었다.
배낭을 챙겨 호텔을 나오자 비가 그쳤다. 이제 5킬로만 가면
도착이었다. 이 시간, 그리고 이 구간에 순례자는 아무도 없었다.
조금은 외롭다는 느낌이 들었지만 처벅처벅 걸어갔다. 거의 다
내려왔을 무렵에서야 순례자 무리를 만날 수 있었고 부엔 까미노를
외치며 인사했다. 이제 3.5킬로 남았다.

시내가 가까워지자 서서히 해가 떠올랐고 도시도 형체를 드러냈다.
표지판이 점점 자주 보였고 많이 가까워지고 있다는 증거였다.
근데 길이 의외로 돌아가는 듯한 느낌이었다. 왼쪽으로 꺾기도
하고, 오른쪽으로도 꺾더니 결국 좁은 골목길로 들어갔다.
투덜거리며 그 길로 접어드는데 저기 멀리 산티아고 대성당 첨탑이
보였다. '오 마이 갓'이 저절로 나왔다. 눈물도 나왔다. 뭐 콧물도
약간. 아, 이래서 이 길로 접어들게 만든 거구나.
배낭 무게 잊은 지는 오래였고 덩달아 속도도 빨라진다. 성당
첨탑은 보였다 사라졌다 했다. 계속 걸으니 이제 성당 측면도
보이기 시작했다. 그 세월의 흔적을 고스란히 간직한 두개의
첨탑을 보니 또 눈물이 터졌다. 입에선 '오 마이 갓'이 또 터진 건
말할 필요도 없을 것이다. 옆에 스페인 아주머니가 쳐다봤다. 조금
더 가니 한 순례자 무리가 사진을 찍어달라 부탁했다. 사진 몇 장

찍어주고 내려와 성당 모퉁이를 돌아보니 오브라도이 광장이
펼쳐지고 산티아고 대성당이 나타났다. 오전 9시 30분, 순례길을
마무리할 시간이었다.

아쉽게도 가까이서 본 성당은 기대만큼 웅장하지는 않았다. 성당
보수공사 중이라 그런지 각종 건설장비가 성당 외관을 상당 부분
가리고 있었기 때문이었을까? 다들 펑펑 운다던데 그것도 아닌
듯 싶었다. 그래도 기념사진은 찍어야 될 거 같아 순례자들에게
사진을 좀 부탁했다.

나는 오래 앉아있지 않고 바로 자리에서 일어났다.
순례자증서^{Compostela}를 받으러 가야했다. 물어물어 그곳으로 갔다.
순례자여권을 내미니 어디서 출발했는지 묻고는 그 경로 동안
찍은 스탬프를 꼼꼼히 살피더니 순례자증서를 줬다. 비록 마지막
111킬로 구간만을 걸은 것이었지만 나도 완주한 셈이다. 이제
기분이 홀가분 해졌다.

다시 광장으로 나와 본격적으로 완주의 기쁨을 즐기기로
했다. 사진도 더 찍고 말이다. 등산화를 벗어서 들고 찍지 못한
것은 아쉬웠다. 이제는 배낭을 맡기고 다시 허기진 배를 채울
생각이었다.

근처 식당을 찾아 들어가 또 문어를 시켰다. 딴
메뉴도 시켜보고 싶었지만 실패할 것 같아 맛이
검증된 문어만 주문했다. 거기에 고로케
몇 개와 계란 스크램블도 추가로 시켰다.
와인도 한잔 걸치니 몸이 풀렸다.

12시 징오에는 순례자들을 위한 미사가 있었다. 미사에 참석하기 위해 30분 전에 일어났다. 화장실에 들러 볼일을 보는데 오줌에서 문어 냄새가 올라오는 듯 했다. 쩝! 문어를 너무 많이 먹었나보다. 미사 30분 전임에도 불구하고 성당에는 사람들이 제법 많았다. 난 앞쪽에 자리 잡고 앉았고 옆자리엔 핀란드 할머니가 앉아 있었다. 우리는 서로 가벼운 인사를 나눴다. 그 할머니는 의자 아래쪽에 발 받침대 같은 것을 보고 그것은 발 받침대가 아니라 무릎 꿇고 기도하는 곳이라 밟으면 안 된다고 친절하게 알려주시기도 했다. 성당 정면엔 야고보상을 가운데 두고 화려한 황금빛의 부조들이 장식되어 있었다. 예수 그리스도와 순례자들을 잇는 중재자로 그 가운데 앉아 있는 것이 야고보라고 했다. 그 지팡이를 든 야고보의 온화한 모습이야말로 이 성당의 가장 큰 축복이었다.

미사 10분 전에 수녀님이 나오시더니 미사에서 부를 성가를 하나 알려주셨다. 청아한 수녀님의 목소리에 따라 순례자들이 한마디씩 한마디씩 따라 불렀다. 정오 미사가 시작되었다. 앉았다 일어나기를 몇 번 반복하고 신부님의 강론을 듣고 이런 저런 절차를 따라가다 보니 슬슬 약간 졸리기 시작했다. 뭐 스페인어를 알아 들을 수 있어야지. 신부님들이 떡을 떼어 나눠주는 성체 의식 순서가 오자, 미사는 거의 마지막으로 가는 것 같았다. 나도 앞으로 나가 줄을 서니 혀를 내밀라 하신다. 그 혀 위에 둥근 것을 올려 주셨고 나는 그걸 입에 물고 자리로 돌아와 앉았다. 무릎을 꿇었다. 눈물이 터졌다. 아주 격하게. 꺼억꺼억 소리를 내며 엎드려 울었다. 왜 운지는 아직도 잘 모르겠다. 그냥 눈물이 계속 나왔다. 이때까지 느꼈던 감정들과는 순전히 다른 느낌의 감동이었다.

순례를 와서, 야고보를 뵐 수 있어서, 예수님 사랑에 감사해서 운 울음과도 달랐다. 계속 꺼억꺼억 우니 오른쪽의 핀란드 할머니는 티슈를 챙겨주시고 왼쪽의 할아버지는 등을 두드려 주셨다. 성당 앞 광장에 도착했을 때는 감흥이 크게 없었지만, 성당 안 성체 의식에서는 오열하다니, 나도 나를 잘 모르는 기분이었다.

미사를 마치고 나는 천천히 성당을 둘러보았다. 아름다운 부조들이 여럿 보였다. 사이사이 작은 예배당들도 눈에 띄었다. 좀 돌아가니 사람들이 길게 줄 서 있길래 일단 따라 섰는데, 알고보니 제단 정면에 있는 야고보상을 만나러 가는 줄인듯 했다. 내 차례가 되자 나는 야고보상의 등을 안았다. 따스함이 밀려왔다.

다시 내려와 그의 유골함 앞에 무릎을 꿇었다. 성당 제일
정면 제단 아래가 그분의 무덤이었다. 기도했다. 순례길을
무사히 마친 것에 대한 감사를 드리고 앞날의 축복을 구했다.
가족의 건강과 행복 그리고 우리나라의 건강한 발전도 빌었다.
한참을 기도드리고 나서야 나는 성당을 나설 수 있었다.
지금부터는 여유 있게 시간을 보낼 수 있다. 이젠 성당 박물관을
둘러볼 차례였다. 성당과 붙어있는 한 건물 안에 꾸며놓은
곳이었다. 하나하나 보면서 3층까지 올라갔다. 다 올라가니 넓은
공간이 나왔고 첨탑을 좀 더 가까이 볼 수 있었다. 한참을
구경하고 있는데 누군가 나에게 야고보의 무덤을 봤냐고
물어보길래 알려줬다. 그도 나와 같은 감정을 느낄 수 있기를.
산티아고 기념 티셔츠도 하나 샀다
이곳 저곳을 돌아다니다 보니 비가 내리기 시작했다. 나는 배낭을
찾아서 다시 무장하고 호텔로 출발했다. 비 맞으며 구글맵을
보고 걷는 것이 고역이었지만 다행히도 호텔은 그리 멀리 있지
않았다. 호텔로 돌아와 짐을 풀고 샤워까지 마치니 천국에 있는
기분이었다.
조금 누워있으니 비가 그치는 게 보였다. 이젠 주린 배를 채워줄
시간이었다. 다시 주위에 식당이 많은 산티아고 대성당 쪽으로
되돌아가 괜찮아 보이는 한 식당에 들어갔다. 혼자 왔는데도
해물 바비큐와 빠에야가 된단다. 2인분 이상만 해준다는 집이
대부분 이었지만 여기는 1인분이 된다고 했다. 문어만 먹기 질려
해물로 달라고 했다. 바비큐가 먼저 나왔다. 양은 푸짐했고 약간
양념도 되어 있어 짭짤 고소했다. 와인 역시 속을 달래주는 좋은

술이었다. 와인은 정말로 신이 만든 최고의 선물이다. 그래서 주님이라 부르는지도. 잠시 후 나온 빠에야도 예술이었다. 해물이 곳곳에 있고 노란색 물이 든 빠에야를 드디어 산티아고 와서 처음 먹어본다. 식사를 마치고 호텔로 돌아오니 모든 긴장이 풀렸는지 바로 뻗을 수 밖에 없었다. 이때까지 걸었던 순례길이 떠오르고 눈도 슬슬 감겨온다. 오늘은 새벽 2시에 일어나지 않아도 될 것 같아 푹 자기로 했다.

09 내 앞에 놓여진 길

오늘은 스페인 땅끝마을, 피스테라^{Fisterra}를 들리기로 했다.
무려 도보가 아닌 버스로! 무거운 짐은 호텔에 맡겨두고 가볍게
출발했다. 버스 안에는 낯이 익숙한 순례자들이 몇 보였다. 그들도
땅끝마을은 버스로 가고 싶은 것 같았다. 산티아고를 빠져나오니
창밖으로 멋진 풍경이 이어졌다. 아름다운 해변 마을 묵시아에서
잠시 정차한다고 해, 마을의 꼭대기에 올라가보기로 했다. 삼면이
바다로 둘러쌓여있는 시원한 전경이 한눈에 보였다.
버스는 다시 달렸고 강렬한 태양과 푸른 바다가 이어졌다.
버스가 멈춘 곳은 시간도 멈춘 듯한 땅끝마을 피스테라였다.
Fisterra는 스페인어로 끝을 뜻하는 Fis와 땅을 뜻하는 Terra의
합성어다. 우리나라에서 땅끝마을을 토말^{土末}이라 하는 것과 비슷한
이치다. 스페인에선 좀 더 스페인답게 Finisterra라 부르기도 한다.
이제 정말로 순례를 끝낼 차례였다. 나는 버스에서 내려 바로
땅끝으로 향했다. 이내 순례의 종착지를 뜻하는 0.00km 표지석이
보였다. 하나의 종착지면서 하나의 시작이기도 하다. 걸어가는데
누군가 "영국에도 땅끝이 있어"라고 얘기하는게 들렸다. 그래, 다들
각기 자기 나라만의 땅끝은 있겠지. 그리고 그 끝이 시작일 거고.
곳곳에 무언가를 태운 흔적이 여럿 보인다. 순례자들은 이곳에

이르러 새 출발을 다짐하며 순례길을 함께 해온 신발을 태운다고 한다. 나도 태울까? 아서라, 슬리퍼밖에 없다.

땅끝에 서다

이희우 지음

0km
그 표지석이 있는
땅끝에 서다

눈부신 태양과
푸른 하늘
바다에 반사된 은빛 출렁임과
하아얀 파도
잠시 바위에 걸터 앉아
생각에 잠긴다
꼭 그래야 되는 분위기다
적어도 여기에선

.

마치 이곳에선
땅 뿐만 아니라
시간도 멈추는 것 같다

걸었던 신발을 태우고
다시 걸음을 시작한다는

사리아 - 산티아고

바로 이곳
땅끝에 서다

2015.10.25. 스페인 땅끝 Fisterra에서 씀

이제 난 '0'에서 시작한다. 어느 방향으로 갈지도 정하지 못했지만 그래도 다시 걸어가야 한다. 언덕도 있을 것이고 내리막길도 있을 것이다. 비도 내릴 것이고 바람도 매섭게 불기도 하겠지. 홀로 걷다 보면 동행자도 생길 것이고 또 그들과 헤어져 혼자가 되기도 할 것이다. 힘들기도 하겠지만 가끔 뭔가를 보여줄 듯한 여명도 볼 것이고, 비온 후 맑은 하늘도 맞이할 것이다. 어두운 밤 반짝반짝 빛나는 별들이 나를 도와주는 때도 있겠지.
이제는 더 이상 두렵지 않다. 난 길을 계속 갈 것이다.
이것이 산티아고가 나에게 알려준 것이다.

안녕, 산티아고 See you soon.

P.S.
내 발이 되어준 까미와 위로가 되어준 바미에게도
감사를 전한다. 그들 덕분에 외롭지 않았다. 모든
여행을 마치고 까미와 바미는 마지막 머문 호텔
나무책상 위에 고이 올려두고 왔다.
너희들도 잘 있기를.

첫 번째 순례길 후기

첫 번째 순례길에 다녀온 후, 나는 바로 새로운 회사 만드는 작업에
돌입했다. 파트너는 부족했지만 일단은 나 포함 2명, 그리고 관리
업무를 담당할 직원만으로 시작하기로 했다. 가장 중요한 자본금
조달이 관건이었다. 2015년 당시 창업투자회사의 최소 자본금은
50억 원이었다.

돈 구하는 것은 결코 쉽지 않다. 나와 파트너의 자금 3억 원에,
추가로 47억 원이 필요한 상황이었다. 순례길이 돈 문제까지는
해결해주지는 않았다. 심지어 원래 출자하기로 했던 사람마저
의사를 접었다. 그것도 새벽 1시 무렵에 카톡으로 연락한
것이었다. 화가 났다. 이런 중요한 건을 메시지 하나로 통보하다니.
바로 다음날 전화해서 항의했다. 이건 아니라고 했다. 투자를 하지
않더라도 직접 만나자고 했다. 크리스마스를 앞두고 그분이 있는
일본 도쿄로 갔다.

도쿄의 겨울

이희우 지음

매번 비가 왔었다
그 눅눅함

오늘은 하늘이 맑다
모처럼 느껴보는 상쾌함

이번이 마지막일거야
혼자 다짐해 보지만
마지막이란 말은
쉽게 던지지 말아야 할
그런 단어라는 걸
새삼 느끼게 된다

그래
이런 애절함은
오늘이 마지막일거야

난 또 마지막이란 단어를
태연히 쓰고 있다.

쫄지 않고 덤볐더니 이번엔 그게 먹혔다. 카톡으로 통보받은 날,
그날의 좌절로 포기했다면 그냥 그렇게 끝났을 것이다. 투자자들은
가끔 근성도 시험해보는데 이번이 그런 것 같았다. 나의 투지를
좋게 봐줬는지, 나는 47억 원을 투자 받아 2016년 1월 코그니티브
인베스트먼트라는 투자회사를 만들게 되었다. 그리고 두 번째
산티아고 순례길에 오르기 전까지 그 회사를 경영했다.

Part 02
절망의 끝에서
다시 찾은 곳
2017. 10. 생장 - 레온

00 두 번째 산티아고

자기가 만든 회사를 스스로 나오기는 결코 쉽지 않다. 그런
결정을 하는 사람들은 분명히 많은 쓰라림과 고통을 겪었을
것이다. 그리고 나는 내가 그런 사람이 될 줄은 미처 예상할 수
없었다. 회사를 떠나기로 결심하는 과정도 어려웠지만 그 마음을
다스리기는 더 어려웠다. 머리에 각질이 다 일어나고 우울증에
빠져 헤맸던 시절 산티아고는 나를 다시 불렀다.
그래서 떠났다. 나를 항상 위로해주고 강하게 해주는 그 곳으로.
그리고 19일 동안 500킬로를 걸었다. 걸으며 비우고 또 비웠다.
이번에도 정해진 미래는 없었다. 까미노가 알려줄 거라 믿기에
그저 걸었다.
위기는 항상 기회다. 그건 내 신조다. 그렇지만, 모든 이들에게
위기가 기회가 되어주지는 않는다. 위기 상황에서 흥분하지 않고
냉철하게 판단하는 자들에게만 위기는 기회로 다가온다.
첫 산티아고행은 내가 대표로 있던 미국계 투자사 IDG의 한국
철수 영향이 컸다. 그 위기 상황에서 나는 한 가지 딜을 제시했다.
남아 있는 포트폴리오, 즉 펀드의 투자지분을 모두 정리해
주는 대가로 지분 매각대금의 10%를 받기로 한 것이다. 원래는
매각이익이 날 때만 인센티브를 받는데 자기들이 철수한다니,

한번 미친 척하고 던져본 제안이었는데 그걸 받아준 것이다. 그 인센티브로 나는 코그니티브 인베스트먼트를 창립했다.

그리고 내가 만든 회사를 짤리듯이 나오게 되었다. 그것도 내가 뽑은 후배에게 말이다. 그 쓰라림은 겪어보지 않은 사람은 모른다. 호랑이에게 물려 가도 정신만 차리면 산다니, 후배에게 내쫓겨도 반드시 기회는 있을 것이었다. 정신만 잘 차리면 새로운 가능성, 미래를 열어둘 수 있었다. 나는 내가 보유한 회사 지분 16%를 후배 부사장에게 싸게 넘기고 내가 투자한 회사 지분을 사왔다.

딜이라는 것은 서로 주고 받아야 되는 것이다. 후배에게 당했다고 패닉 상태에만 빠져 있었다면 득이 될 것은 진짜 아무것도 없었을 것이다. 이럴수록 더 정신 차려야 했다. 다행히 이때 사온 그 지분은 물심양면으로 지금의 나를 조금 여유있게 해주고 있다.

어려움을 겪고 있거나 지금이 위기라고 느껴진다면 어딘가로 한번 떠나보는 건 어떨까? 산티아고가 아니어도 상관없다. 적어도 비행기표를 사는 그 순간 고뇌의 절반은 사라지고, 걷는 첫날 나머지 고통도 사라질 것이다.

그렇게 우리는 잠깐의 멈춤을 통해 침착하게 위기를 기회로 바꿀 수 있게 될 것이다. 그러니 떠나자.

쫄지 말고.

01 다시 간다 산티아고

새벽 4시 25분에 일어났다. 오전 8시 55분 비행기니 비교적
여유가 있었다. 샤워를 하고 와이프를 깨운다. 이번에는 와이프가
도심공항터미널까지 태워 주기로 했다.

포스코 사거리를 지나 터미널로 가는 골목 안으로 들어선다.
앞에 택시 넉 대가 다 같은 방향을 향하고 있는 듯 하다. 각자
어디론가의 목적지를 가지고 공항 가는 손님일 것이다.

5시 20분, 이미 인산인해를 이루고 있는 터미널에 도착했다. 나는
발빠르게 대한항공 줄에 섰다. 이륙 3시간 전인 5시 55분까지는
체크인을 끝내야 했지만 30분을 기다려도 내 차례가 될 기미가
안 보였다. 어쩔까? 고민할 시간도 없었다. 바로 '포기'하고 줄에서
뛰쳐나왔다. 앗! 배추를 셀 때만 쓰는 단어를 여기서 쓰다니.

5시 50분, 배낭을 둘러메고 도심공항터미널에서 급히 나왔지만
막막하다. 택시가 보여 무작정 손을 흔들었다. 빈 택시도
아니었지만 나도 모르게 그만 불러 세웠다. 다행히도 남자 손님 한
분이 타고 있는데 인천공항을 간다고 했다. 인당 5만 원으로 함께
타고 가기로 했다. 벌써부터 복이 내게 오는 느낌이다.

택시는 삼성동에서 피용 출발해서 40분 만에 공항에 도착했다.
와우. 그 이후 보딩패스 체크인도 10분 만에 끝냈고, 환전과 유럽

유심 수령도 순조로웠다. 이제는 가장 긴 출국 수속만 남았다. 지루한 출국 수속도 나름 1시간으로 선방하고 출국 게이트 앞으로 왔다. 비행기도 45분 지연되어 여유롭게 에스프레소 한잔과 똥 한판을 잘 해치워버렸다. 그것도 에어팟 꼽고 브에나 비스타 소셜 클럽Buena Vista Social Club의 〈Chan Chan〉을 들으면서 시원하게 쏟아냈다. 넓직한 공항에서 이륙하기 전, 혼자만의 경건한 의식 치르는 것처럼 말이다.

내 좌석번호는 45H였고, 옆자리에는 묘령의 여인이 앉아있다. 야호! 속으로 환호성을 외치기도 전에 아뿔싸, 바로 앞자리로 바꿔 날 떠나간다. 쩝! 그래도 옆에 사람이 없어 여유롭게 갈 수 있을 듯 하다.

그래 이제 시작이다. 기다려 산티아고.

02 순례, 그리고 고독

나는 지금 막 파리 몽파르나스역에서 산티아고 순례길 출발지
부근인 바욘Bayonne 으로 출발하는 떼제베TGV에 올라탔다.
에어팟에서는 〈You raise me up〉이 흘러나온다. 이제 곧 순례
일정이 본격적으로 시작된다.

오후 6시, 10월이라 날이 덥지는 않은데 햇살은 여전히 뜨겁다.
17도의 기온이었지만 이리저리 몽파르나스역까지 헤매느라
땀이 제법 났다. 공항에서 떼제베 출발역까지 오는 것도 그렇고,
전철에서는 자동 접이식 의자인줄도 모르고 무심코 일어섰다
다시 앉으려다 엉덩방아를 세게 찍지 않나,
유심칩을 교체하기 위해 필요한 핀이 없어 진땀 흘리지 않나,
떼제베 9번 차량에 탔어야 했는데 10번 차량에 가서 자리를 비워
달라고 하지 않나, 실수가 셀 수 없었다. 내일부터 시작되는 고행을
위한 사전준비라고 생각했다.

매번 여행을 다닐 때마다 적합한 책을 하나 골라 온다. 2년 전
산티아고 순례길에선 화성에서 생존한 괴짜 과학자 이야기인
『마션』을 두꺼운 종이책으로 챙겨 왔다. 순례길 동안 내내 그 책
버릴 궁리도 많이 했지만 그래도 끝까지 여행 내내 틈틈이 읽긴
했다.

하지만 이번에도 그 무게를 짊어지기는 싫어서 리디북스 전자책으로, 그것도 여러 권을 담아왔다. 그중에 제일 기대되는 것은 단연 로버트 컬의 『솔리튜드』다. 남미 저 아래, 인적과 100킬로 이상 떨어진 외딴 파타고니아 야생지에서 고독과 함께 보낸 1년간의 기록이다. 한국에 있을 때 야금야금 읽긴 했지만 순례기간에 본격적으로 읽을 예정이다.

이 책을 선택한 이유는 긍정의 고독을 느낄 수 있기 때문이다. 이번 순례길에서는 홀로 생각하는 시간을 많이 가지려 한다. 로버트 컬처럼 아주 외딴 곳으로 갈 수는 없지만 나의 내면 속 깊이 들어가 고독을 느껴보고 싶다. 무게는 가벼워졌지만 이번에는 전자책 배터리가 걱정이다.

집을 떠나 공항까지 1시간, 인천서 파리까지 12시간, 파리 공항에서 몽파르나스 TGV역까지 1시간, 그리고 산티아고 순례길 초입 부근인 이곳 바욘까지 4시간 등 총 이동시간만 18시간이며 대기시간까지 포함하면 집에서 바욘까지 무려 24시간이 걸렸다. 왜 군이 이런 얘기를 하냐고? 이렇게 힘들게 와서 지친 몸을 이끌고도 이처럼 글을 쓰고 있는 진심을 조금은 이해해달란 말이다. 그리고 이것도 시작일 뿐이다. 앞으로는 더 힘든 여정과 그에 대한 투정이 이어질 것이다.

내일은 날이 맑고 화창할 거라 한다. 예전 나폴레옹이 스페인 원정 때 갔던 해발 1,500미터 고지의 그 피레네 산맥을 내일 넘게 된다. 이번 순례 일정 중 가장 힘든 코스라고 한다. 그렇지만 두려움보다는 기대감이 앞섰고 그 기대감을 안고 이제 잠자리에 든다.

03 졸리 빡 세고 졸리 힘들다!

'Jolly', 이 단어 들어보셨나? '아주' '매우'라는 뜻으로 우리나라의
'졸라'와 비슷하다. 즉, '졸라 좋아'를 영어로 하면 'jolly good'이
된다. 느닷없이 왜 'jolly'부터 시작하는지 짐작이 가시는가?
그렇다. 오늘은 'jolly hard, jolly tired' 하기 때문이다. 명색이
벤처투자사 대표이면서 경영학 박사인데 '졸라'라고 쓸 수 없어
영어로 쓴 점 이해하시라.
사실 오늘 프랑스 생장에서 스페인 론세스바예스까지 코스가
산티아고 순례길 중 제일 힘들다는 걸 미리 알고는 왔지만
이 정도까지 힘들 줄은 미처 몰랐다.
바욘에서 6시 45분에 일어나 생장으로 가는 7시 40분 기차를
탄 것까지는 좋았지만 8시 40분쯤, 도착하자마자 나는 헤매기
시작했다. 정확히는 가벼워 보이는 대나무 지팡이와 순례자 상징인
가리비 껍질을 산 후부터 30분 넘게 길을 헤맸다. 겨우 정신을
차리고 물어물어 나폴레옹이 스페인 정복을 위해 피레네 산맥을
넘었다는 바로 그 나폴레옹 코스를 찾을 수 있었다.
이 코스는 총 26킬로 구간으로 해발 170미터부터 시작해서
1,450미터까지 21킬로를 올라가고 5킬로를 내려가는 코스다.
21킬로를 올라간다는 것이 어떤 의미인가 하면 내리막이 없는

길을 6시간을 넘게 올라가고 다시 1시간 반 정도를 정신없이
내려온다 생각하면 된다. 그것도 아주 딱딱한 아스팔트 같은 길을.
나폴레옹은 군사들을 데리고 왜 이 코스를 택했는지 모르겠다.
괜스레 나까지 힘들어지게 말이다. 끙, 물론 나폴레옹은 말을 타고
갔겠지만 직급이 낮은 병사들은 무기와 보급품도 짊어지느라
생고생을 했을 것이다.

마라톤도 그렇고 등산도 그렇고 유산소 운동은 첫 땀을 흘릴
때가 가장 힘들다. 누구나 워밍업이 필요하고 이번에도 그럴 줄
알았다. 운토까지 첫 오르막길도 결코 쉽지 않았다. 거기까지도
거의 혼신의 힘을 다해 올라왔다고 생각했다. 쉬는 도중 커피와
바나나까지 먹으며 체력도 보충했다.

그 다음 오리슨 대피소까지도 나름 참을 만했다. 하지만 초반에
다리에 힘을 줘서일까, 오리슨 봉우리까지 올라가던 도중 그만
왼쪽 종아리에 쥐가 나버렸다. 다리가 너무 아파 걸을 수 없어
자리에 앉아 나직이 신음을 흘렸다. 지나가던 한 외국인이 "Are you
OK?"라고 물어 반사적으로 "I'm OK"라고 얘기했지만 속으로는
'안 오케이, 안 오케이라고' 말하고 싶었다.

다행히도 이럴 줄 알고 파스를 좀 가져왔다. 근육이 뭉친 종아리에
붙이자 바로 효과가 나타났다. 그리고 다시 저 멀리 어딘가에 있을
정상을 향하여 걷기 시작했다.

정상을 8킬로 정도 남겼을 때 파스 약효가 떨어졌는지 다시 왼쪽
종아리에 쥐가 났다. 아픔으로 땀과 범벅이 되어 흐르는 눈물을
손으로 비비며 파스를 또 붙였다. 오른쪽 놈도 뭉쳐지는 것 같아
거기에는 일단 근육 풀어주는 연고를 잔뜩 발랐다. 다행히 평탄한

길이 나와 조금 호전되는가 싶어 다시 걸었다.
다리도 쥐 때문에 아픈데 온몸은 소똥 냄새가 날 정도로
땀범벅이었다. 때마침 '912'라 적힌 응급구조 표지판도 보인다.
그냥 포기하고 전화를 걸까 하는 마음도 들었다.
조금 있으니 한 한국 젊은이가 올라오는 게 보인다. 저 아래에서
다리 아프기 전에 인사만 한 친구다. 몇 마디 물었더니 의대
휴학생이란다. 영어도 제법 하는 것 같아 그 친구에게 '쥐가 나다'를
영어로 어떻게 표현하는지 물었다. 혹 스페인 약국에 가면 써먹을
수 있지 않을까? 그 친구가 '쥐는 Mouse 아닌가요?'라고 하길래,
헉! 그래서 내가 그럼 'I have a mouse in my leg'이라 하면
되겠네? 라고 하니 서로 멋쩍게 웃는다.
이제는 정상 부근이다. 다리도 아프고 실신 직전이다. 스페인행
비행기에서는 로버트 컬의 『솔리튜드』처럼 깊은 고독 속으로
빠져들고 싶은 마음이 있었다. 그런데 오늘은 고독은 개뿔 아무
생각도 안 난다. 그저 빨리 도착해 얼음 띄운 콜라를 마시며 쉬고
싶다. 종아리에 쥐가 난 이후 사진도 거의 찍지 못했다. 정신도
없었고 확인해보기도 귀찮았다. 정상 부근에선 뭐 첨부할 사진이
없네. 쩝!
시작이 있으면 끝이 있는 법. 오후 5시 10분, 드디어 도착했다.
장장 8시간이 넘게 걸렸다. 원래 코스가 26.3킬로인데 헤맨
거리를 포함하면 론세스바예스의 알베르게까지 총 32.9킬로에
44,437걸음을 걸은 셈이다. 애플 워치에 알람이 왔다. 확인해 보니
오늘 1,879칼로리를 소모해서 목표의 400%를 초과 달성했다고
멋진 애니메이션이 나를 격려해준다. 미안하지만 오늘은 너의

응원은 필요가 없다. 너는 닥치고 밥이나 먹어라. 그리고 나는 이 놈을 충전시켰다.

샤워를 하고 저녁을 먹었다. 캐나다, 독일, 스위스 등에서 온 순례자들과 함께 10유로짜리 순례자 메뉴를 먹었는데 코스요리에 와인까지 가성비가 훌륭했다.

식사를 마쳤는데도 다리의 아픔이 가시질 않는다. 절뚝절뚝 겨우 걷는다. 계단 내려올 땐 난간을 잡아야 겨우 내려온다. 내일이 벌써부터 걱정이다.

만사가 귀찮아 빨래는 세탁 서비스로 맡겼다. 내일 아침에 건조까지 된 내 옷들을 찾아가기만 하면 된다. 자기 전까지 계속 쉴 수 있게 되었고 그나마 이게 위안거리였다. 내일은 어디로 가는지도 모르겠다. 알고 싶지도 않다. 그냥 순례자들 꽁무니나 따라서 다녀야겠다. 에고 힘들다. 오늘은 좀 일찍 자야겠다. 그래도 다행히 사진은 몇 장 건진 듯 하다.

04 알베르게 아님 안베르게?

Albergue or Anbergue

2017.10.05. Day 2

전날의 고역은 오히려 다음날을 철저히 준비하게 한다. 다리 때문에 오늘부터 순례길 일정을 망칠지 몰라 저녁부터 근육통 연고를 바르고 마사지도 하고 잘 때 파스도 붙이고 잤다. 시차 부적응으로 새벽 4시에 눈이 떠졌지만 뒤척거리기보다는 홀로 복도에 나가 스쿼트를 하면서 근육을 풀어줬다. 그래서인지 오늘 아침은 한결 가벼운 느낌이다.

아침에 뭘 먹었는지 뭐가 중요하겠냐마는 굳이 밝히겠다. 스타트업 이그니스의 분말형 단백질 대용식인 랩노쉬 우버 밀크티 분말을 물에 타 먹었다. 근데 9일분이나 챙겨 온 건 과한가 싶었다. 나를 힘들게 할 주범이 될 것이 분명했기 때문에 빨리 해치워야 한다. 심지어 랩노쉬 프로틴바도 챙겨왔다.

새벽에 일찍 눈이 떠진 복으로, 시간이 부족한 순례자들에겐 사치 중 하나인 아침 샤워를 여유있게 했다. 침낭을 접고 배낭을 꾸리고 하다 보니 어느새 7시 30분, 이제 출발이다.

순례길은 여전히 어둡다. 스마트폰 LED 등에 의지하며 행군을 계속하다가 한국인으로 보이는 앞선 무리의 꽁무니를 쫓아갔다. 반딧불이를 쫓는 것 마냥 이것도 나름 재밌다.

해가 뜨는 8시쯤부터 물안개가 피어올랐다. 은은한 분위기를

생장 - 레온

풍기는 적막한 목장도 보였나. 말들은 고요히 이슬 내린 풀을 뜯고 서서히 떠오르는 태양은 안개를 천천히 걷어낸다.

때마침 〈You raise me up〉이 풍경과 조화를 이룬 선율로 내 심장을 두드린다. 괜히 순례길의 시작 코스가 어려운 게 아니다. 먼저 자신을 낮춰 자연의 경외감을 느끼고 순례길 전 구간 동안 겸손하게 하라는 의미를 담은 게 아닌가? 음악도 풍경도 Jolly 아름답다.

7시 30분부터 시작하여 3시간을 쉬지 않고 달렸다. 13.77킬로. 이게 정녕 어제 저질체력으로 신음했던 사람이 할 수 있는 것이란 말인가. 전날 자기 전에 파스에 연고에 스트레칭에 만발의 준비를 한 나의 공로일수도 있다고 생각했다.

이제 절반이 지났다. 9킬로 정도만 더 가면 된다. 오늘 목적지인 수비리 표지판이 보인다. 7.5킬로라 써져있다. 이 정도는 껌이다라는 생각으로 계속 걸었지만 껌이 아니었다. 좁고 가파른 길로 들어서자 허벅지 근육이 뭉쳐오기 시작한다. 알이 밴 거다. 오랜 시간 걷다 보면 자연스레 알이 배기게 마련이다. 그래서 순례길에는 적정 위치마다 알베르게가 있다. 근데, 오늘은 'Albergue'의 'L'을 'N'으로 바꾸고 싶다. 그럼 알이 안베르게Anbergue.

힘이 드니 헛소리가 나온다. 이를 악물고 계속 걷는다. 뒤에 오던 순례자들이 다 나를 제친다. 그래도 처벅처벅. 천천히 걷는다. 저 앞에 물소리가 들린다. 돌다리를 건너니 바로 알베르게가 보인다. 비록 알은 배겼지만 알베르게에 묵을 수밖에.

오후 1시 40분에 오늘의 걸음을 멈추기로 했다. 총 38,410걸음으로
27킬로를 왔다. 이런 나에게 적어도 생맥주 석 잔은 선물로 줘야
한다.

05 잠시 멈추고 물 마시자!

어제 점심은 얇은 햄이 올려진 토르티야 한 조각과 맥주 두 잔으로
해결했다. 사진 찍어 와이프에게 보내니 그렇게 적게 먹으면
쓰러진다고 난리다. 그래서 저녁은 풍성히 먹기로 했다. 그것도
무려 닭도리탕으로 말이다.

사건의 발단은 이렇다. 같은 알베르게에 묵고있는 한국인들이
삼삼오오 모여있길래 나도 슬쩍 얼굴을 내밀었다. 자세히 얘기를
들어보니 닭도리탕을 한단다. 군침이 돌았다. 내게도 같이 먹을
건지 묻길래 나도 모르게 와인 두 병과 하몽을 쏘겠다고 했다.
순례길 와서 닭도리탕이라니 믿기지 않는다.

한 친구는 7개월째 세계여행 중인데 고추장, 고춧가루, 간장 등
양념이란 양념은 다 들고 다닌단다. 헉! 멋진 놈. 삼성전자에서
안드로이드 소프트웨어를 3년간 개발하다 1년 휴직하고 여행
중이란다. 그 친구 외에도 한양대 의대에서 휴학하고 온 친구,
아일랜드 워킹 홀리데이 중 온 친구 등 이렇게 다양하게 무리가
만들어졌다. 다들 20대 초반에서 30대 초반 연령대인데 자신이
좋아하는 게 뭔지, 자신의 꿈이 뭔지 찾기 위해 여기 산티아고로 온
것 같다. 대견한 녀석들. 그러니 내가 와인을 안 쏠 수가 있나?

사실 순례기간 중 하루 예산으로 40유로를 책정했다. 원화로는 5만

생장 - 레온

4천 원 정도 된다. 보통 숙박이 아침식사 포함해서 10에서 15유로, 그 외에 점심, 저녁, 간식 등으로 25유로 정도 생각하면 40유로로도 충분할 것이라 생각했다. 근데 이렇게 멋진 친구들을 만날지 누가 알았겠는가? 바로 예산 초과였지만 우선은 즐기기로 했다.

현지에서 조달한 닭 두 마리와 감자 당근 등 야채에 적절한 한국 양념이 곁들여져, 닭도리탕은 아주 맛있게 완성되었다. 거기에 냄비밥도 더해 닭도리탕 덮밥을 먹으니 그냥 눈물이 난다. 와인 두 병과 하몽도 순식간에 없어졌다. 다이어트 따윈 물 건너갔다.

아직도 시차 때문에 밤에 뒤척거린다. 새벽 4시에 똥을 한판 때리고 잠자리에 누웠다. 그리고 6시 30분에 일어나 다시 한번 더 때리고 아침을 먹었다. 왜 이리 똥에 집착하냐고? 상상 마시라, 배탈이나 변비는 아니니깐. 그저 한번 걸어봐라. 도중에 큰 거 해결할 데가 없다. 거기에 성스러운 순례길 걷는 도중에 똥을 누기가 좀 그렇지 않은가?
출발은 7시 40분이었다. 노라 존스Norah Jones의 〈What am I to you〉가 흘러나온다.

What am I to you

Tell me darling true

To me you are the sea

Vast as you can be

And deep the shade of blue

아 좋다. 순례길이 나에게 묻는 듯 하다. 나는 당신에게 뭐지?
진실을 말해줘. 너는 바다고 빠르게 다가오는 아주 깊은 파란
그늘이지.

발걸음이 매우 가볍다. 1시간 반 정도 걸으니 화장실이 가고
싶어졌다. 걱정마시라, 큰 게 아니라 작은 볼 일이니. 다음
카페까지는 40분은 더 가야 되는데 어쩐다? 급히 옆길로 들어가
아무도 없는 걸 확인한 후 해결했다. 근데 막판에 오줌이 손가락에
튀어버렸다. 노상방뇨라 벌 받은 거다. 쩝!
9시 33분, 깊은 숲 속을 지나 탁 트인 공간이 나오자마자 미칼
로렌^{Michal Lorenc}의 〈아베 마리아^{Ave Maria}〉가 흘러나온다. 아
진짜 눈물 난다. 미쳐버리겠다. 멜 깁슨 감독의 영화 〈패션 오브
크라이스트^{The Passion of The Christ}〉에 예수님이 십자가 지고 쩔뚝쩔뚝
골고다 언덕을 올라가는 장면이 아른거리며 눈물샘이 그만
터져버렸다. 한번 동영상 찾아봐라 눈물이 안터지고 배기나.
아베 마리아가 다 끝나자 성모 마리아의 선물처럼 오늘의 첫
카페가 나타났다. 그리고 보니 금요일이다.
여기서 오렌지주스와 에스프레소로 기운을 충전했다.

카페를 나와 인덕을 올라와서 비탈을 걷는데 모차르트의 레퀴엠 중 키리에^{Kyrie} * 의 절정이 흘러나온다. '오 주여 용서하소서' 부분에서 또 눈물이 왈칵나왔고 이어지는 디에스 이라이^{Dies Irae} * * 에서는 나의 감정적 흐느적거림도 극에 달했다. 덕분에 감정에 푹 빠지니 아무 고통도 느껴지지 않는다. 이윽고 와이프가 부른 아베 마리아가 나온다. 또 울컥. 왜 이렇게 잘 부른거야!

순례길에서 만난 일행 중 마이클은 아일랜드에서 온 육십 초반 정도로 보이는 분이다. 아일랜드 하니 그 수도인 더블린이 생각나 혹 더블린에 사냐고 물어보니 그렇단다.

사실 더블린 하면 헨델이다. 그 당시 독일에서 건너와 한물간 작곡가로 인식된 헨델이 '메시아'를 작곡한 후 런던에서 공연할 공연장을 잡지 못해 백방으로 뛰다 그 곡을 초연한 곳이 멀리 떨어진 아일랜드 더블린이다. 할렐루야의 감동을 더블린에서 먼저 맛본 다음 그게 영국과 유럽 그리고 전 세계로 퍼져나간 거다. 뭐 좀 안다고? 나도 성가대 테너 파트를 몇십 년째 하고 있다. 한 번은 헨델의 메시아 작곡 계기와 초연한 얘기가 재밌어 극본으로 쓴 적 있었다. 그 극본 쓰고 딱 10년 후 내가 연출해서 우리 교회 무대에 올리기도 했다. 혹시나 필요한 분 있으면

* '주님! 우리를 불쌍히 여기소서'라는 뜻의 기도문
* * 진노의 날

말해주시라.

다시 마이클의 소개를 계속하자면 마이클은 26년 정도 에너지
분야 엔지니어로 일하다 4년 전부터는 벤처캐피털을 하고 있단다.
세상에 순례길 와서 벤처투자자를 만나다니 한국인을 만난 것만큼
반가웠다. 그래서 얘기가 봇물 터졌다.

최근 성공한 엑싯^{Exit}이 뭐냐 묻길래 자동차 외장수리 모바일
서비스 '카닥'에 투자했고 그게 2년 전에 카카오에 인수되어 수익률
100% 넘게 달성했다고 알려줬다. 거기에 펀드레이징 분위기는
어떻고 어떤 업종에 많이 투자하고 등등. 순례길 와서 이런
얘기까지 나눌 수 있다니. 묘한 우정이 생기는 듯 했다.

마이클: 왜 여기 왔나요?
나: 까미노 마마가 절 불렀어요.
마이클: 까미노 마마?
나: 제가 저번에 수돗가를 걸어가고 있었는데 어느 여성분이 절
부르더니. 헤이, 까미노 마마가 그러는데 잠시 멈춰서 물 마시래.
마이클: 아하!

그렇다. 까미노 마마가 날 챙겨주신다. 목마른데 너무 급하게
걸어가지만 말고 멈춰서 물 한잔 하라고 말이다.
우리 인생길도 마찬가지겠지. 그래, 내가 산티아고로 왔다기보다는
까미노가 나를 불렀다. "희우야 여기 와서 걸어, 그리고 네 인생을
더 멋지게 살아봐" 이렇게 말하려고 부른 것 같다.
마음이 은혜로 차오르는 기분이었다. 역시 대화를 나누길 잘했다.

납례로 나도 마이클에게 왜 선냐고 물었다. 그랬더니 6개월 쉬는데 걸으면서 앞으로 뭘 할지 생각해 본단다. 그래서 내가 말해줬다. "까미노 마마가 도와주실겁니다.Camino Mama will help you" 걸으며 대화하다보니 마이클의 발걸음이 나에 비해 빠르다는게 느껴졌다. 그래서 난 천천히 갈테니 먼저 가라고 했다. 우리는 다시 만날 것을 약속했다.

우린 5킬로 정도 더 걸어 트리니다드 데 아레의 카페 파라다이스에서 다시 만났다. 마이클은 샌드위치와 커피를, 나는 맥주와 타파스 같은 미니 햄버거를 시켰다. 둘 다 카페에서 조금 떨어진 야외 좌석에서 여유로운 점심을 즐긴다. 내가 맥주를 빨리 마셔서 그런지, 아니면 컵이 작아서인지 잘 모르겠지만 금세 한잔을 비웠고 또 한잔을 시켰다.

다시 걸을 때가 되었다. 자리에서 일어나며 나는 마이클에게 다음과 같이 인사했다. "이전에 어떤 영국인이 나에게 페이스를 유지하라길래 나는 물었어요. '당신이 말하는 것이 페이스pace인가요 아니면 페이스faith인가요?' 라고. 그랬더니 그는 '둘 다' 라고 답하더군요. 마이클, 당신도 페이스를 유지해요." 내 발음이 나의 진심된 축복을 잘 전해주면 좋으련만.

5킬로를 더 걸으니 팜플로냐 대성당이 보였고, 그 앞에 알베르게가 하나 보였다. 오후 1시 45분, 오늘도 무사히 잘 도착했다. 총 23.7킬로에 32,659걸음이었다.

샤워와 빨래를 해결하고 잠시 쉬다 어니스트 헤밍웨이가
팜플로냐에서 자주 들렀다는 카페 이루냐 Cafe Iruna에 왔다. 『노인과
바다』를 졸리 재밌게 읽었던 터라 그가 즐겼던 곳에 가고 싶었다.
그가 앉았던 자리인지는 모르겠지만 바에 앉아 맥주를 시키고
순례기를 쓰기로 했다. 그도 여기서 글을 썼을 것이다. 마신
맥주잔이 늘어날수록 글도 길어졌다. 오늘 글이 길어진 건 순전
헤밍웨이 때문이다.

06 뒤도 돌아보면서 가!

전날은 헤밍웨이의 기운을 받아 순례기를 평소보다는 길게 쓸 수
있었다. 카페 이루냐 앞에 펼쳐진 광장에는 많은 상점이 있었기에
구경가기로 했다. 그중 담배 가게가 눈에 들어왔다. 시가는 역시
쿠바산이지. 급 쿠바 몬테크리스토가 피고 싶어져 가게 안으로
들어갔지만 낱개로는 팔지 않아 그냥 나왔다.
알베르게로 돌아오는 길에 순례길의 상징인 가리비 티셔츠와
목걸이를 샀다. 겉으로라도 순례자인걸 티내보고 싶었다. 그것을
들고 팜플로냐 대성당의 성금요일 미사에 참석했다. 성가대의
선율을 들으며 조용히 기도했다. 안전한 순례 일정과 무사귀환을
위하여. 거기에 약간은 우리 가족의 행복과 나의 미래를 위해.
독자들을 위해서도 아마 기도했을 것이다.
돌아와 좀 쉬니 벌써 밤 9시였다. 밖에 노는 소리가 제법 크게
들려 숙소 로비로 나왔다. 한국 청년이 하나 앉아있길래 말동무가
되어보기로 했다. 추석 연휴를 맞아 산티아고에 온 친구인데
생장에서 로그르뇨까지 갔다 다시 돌아가는 길이란다. 그 친구와
비슷한 점이 많아 얘기가 술술 풀렸다. 쿠바에 관한
얘기도 나누게 되었다. 사실 나는 이번에 쿠바
아님 산티아고 둘 중에서 어딜 갈까 고민하다

산티아고로 오게 된 긴대 그 친구도 그렇단다. 브에나 비스타 소셜 클럽, 헤밍웨이, 체 게바라에 쿠바 시가까지 얘기하다 보니 두 시간이 훌쩍 지나갔다.

11시에 침대로 왔다. 누웠는데 1시에 또 눈이 떠진다. 이놈의 시차적응은 정말 날 괴롭게 한다. 밤새 뒤척였다. 이른 새벽 샤워를 하고 아침을 챙겨 먹고 7시 35분에 숙소를 떠났다.

순례길도 4일째가 되니 서서히 배낭, 몸, 등산화가 한 몸이 된 것 같다. 근육도 안정되어 가고 발걸음도 가볍다. 쿠바 아바나를 생각하며 브에나 비스타의 음악을 들으며 걷는다.

팜플로냐 시가지를 막 벗어날 무렵 탁 트인 황토색 밭이 펼쳐진다. 왼쪽엔 태양, 오른쪽엔 미처 사라지지 못한 달, 그 사이로 걸어간다. 기분이 좋다. 내가 언제 해와 달을 관통해서 호기 있게 걸어갈 날이 또 있겠는가?

몸이 걷는 것에 많이 익숙해졌다고는 해도 방심은 금물이다. 종아리와 허벅지 근육은 로션도 발라주고 스트레칭도 해서 상태가 많이 좋아졌지만 이제는 발가락 물집 공격의 시작이다. 왼쪽 약지 발가락에 물집이 잡히더니 오른발 약지와 엄지발가락 바닥으로 확장되었다. 전날 밴드를 붙여 응급조치를 했음에도 물집이 다시 잡히며 쓰라리기 시작한다.

이때 산타나Santana의 〈스무스Smooth〉가 나오면서 부드럽게Smoothly 위기를 넘긴다. 어떻게? 멜로디가 너무 좋다 보니 나도 모르게 그 선율에 맞춰 통통 뛰며 걷게 되더라. 음악이 주는 긍정의 힘이다. 이윽고 첫 카페로 향하는 마지막 언덕이 나타난다. 헉헉 거친 숨소리를 내며 걷는데 귀에서는 쇼팽의 녹턴 9번이 흘러나온다.

아름답지만 템포가 느려 힘이 빠진다. 이번엔 음악이 주는 부정의 힘이다. 그래도 쉬지 않고 걸어 10시경 첫 카페에 도착한다. 오렌지주스, 에스프레소, 바나나와 사과를 각각 하나씩 산다. 오렌지주스의 새콤한 맛과 에스프레소의 진한 쓴맛이 교차되며 에너지가 충전된다. 멀리 풍력발전소의 거대한 날개들이 돌아가는 모습이 보인다. 용서라는 뜻의 페르돈 언덕이다. 바람이 세게 분다. 그것도 뒤에서 불어주니 발걸음이 한결 가벼울 것 같아 바로 출발한다.

언덕은 제법 높다. 계속 올라가다 뒤를 돌아보니 멋진 풍경이 보인다. 내가 지금까지 열심히 걸어온 길이다. 근데 높이 올라와 뒤를 돌아보니 무언가 달랐다. 아마 그때는 무리하게 앞 순례자 꽁무니만 보면서 쉬지 않고 따라가고 있었기 때문이었을 것이다. 뒤에서는 아름다운 태양이 뜨며 물안개가 피어나고 있는데도 말이다. 가끔 뒤돌아봐야 한다.

우리 인생도 그런 거 아닌가? 앞만 보고 성공을 위해 돈을 위해 달려만 온건 아닌지. 가끔 뒤돌아보며 나의 발자취도 보고 잘 왔는지 잘못 왔는지도 확인할 필요가 있을 텐데. 그 발자취가 아름다웠는지 지저분 했는지도 봐야 앞으로 나가는 방향성을 조절할 수 있을 텐데. 그래 페르돈 언덕의 정상을 앞두고 이런 기억이 떠올라 참으로 다행이다. 신께서 용서해 주시겠지. 이제 페르돈 언덕의 정상이다. 바람은 더욱 세졌고 옆에는 철판으로 만든 순례자 상들이 보인다. 순례자 무리 중 마지막 순례자의 말에 다음과 같은 문구가 새겨져 있다.

'별이 지나가는 길을 따라 바람이 지나가는 곳'
별이 지나가는 길을 따라 나도 바람맞으며 지나갔다.

이후 급경사가 있었고 내리쬐는 10월의 강렬한 태양도 있었다.
뜨거운 햇빛에 약간의 바람 도움을 받아 오후 2시 좀 넘어 오늘
목적지인 푸엔테 라 레이나에 잘 도착했다. 37,674걸음으로
27.64킬로를 걸었다.
이제야 적는 거지만 도중에 12시쯤 식당에서 점심으로 먹은
바나나와 사과껍질을 정리 안하고 그냥 간다고 어르신들에게 욕을
작살나게 얻어먹었다. 다시 생각해도 정신이 바짝드는 순간이었다.
다음부터는 조심해야겠다. 겸손하게 해주세요.
샤워를 하고 빨래를 돌리고 뜨거운 태양 아래 옷을 널고 빠에야와
맥주를 먹었다. 이제 자련다.

07 존재의 목적

Purpose of Things

2017.10.08. Day 05

헐. 어제는 2층 침대 윗칸으로 배정받았다. 그게 뭐 대수인가
싶겠지만 실제로 익숙치 않은 사람에게는 꽤나 많이 불편하다.
내가 잡은 숙소는 5유로, 즉 6천 원 정도 하는 저렴한 숙소로
2층 침대는 폭도 좁을 뿐 아니라 그 어떤 난간도 없었다. 매트
위에서 조금만 잘못 구르면 바로 떨어진다는 말이다. 잠자리도
신과 더 가깝게, 반듯하고 경건하게 자라는 뜻인가?
2층에서 자면서 내가 의외로 천장 보고 반듯이 눕는 것보다 한쪽
방향으로 칼잠을 자는 것을 좋아한다는 사실을 알 수 있었다. 그것
빼고는 다른 어떤 장점도 없었다. 그래서 그런지 오늘도 어김없이
새벽 1시 30분 쯤 깼다. 30분 더 뒤척이다 1층 식당으로 내려왔다.
거기서 로버트 컬의 『솔리튜드』를 읽었다. 순례길에서는 첫
독서였다. 오롯이 혼자 고독에 빠진다.
읽다 보니 이번에는 내 문체가 로버트 컬을 따라가는
것 같다. 지난번엔 『마션』의 작가를 따라가던데.
그래도 오늘은 먼동이 트기 전 새벽을 온전히 느끼니
고양된 기분이 들었다. 뭔가 꿈틀거림이 있기 전
새벽의 고독을 말이다.

기분도 이러니, 다시 잠들기는 힘들 것 같아 아예 일찍 출발하기로 했다. 새벽 6시, 이른 시각이라 별들이 제법 많이 보인다. 자연스레 미소가 지어지고 웃음이 나온다. 아름답다.

순례길에서는 이탈리아에서 온 노부부인 빈첸토와 마리아를 만났다. 며칠 전 상점에서 마주쳤던 사람들이었다. 그때 인사해두기를 잘했다. 내가 앞질러 가는데 뒤에서 "매튜~"하고 크게 부르는 소리가 들린다. 뒤돌아보니 빈첸토가 내가 잘못 길을 접어드는 것을 보고 멈춰 세워준 것이었다. 아직 깜깜해 노란색 화살표가 잘 보이지 않았다. 고마웠다.

오늘의 음악은 〈인자하신 예수님Pie Jesu〉이다. 새벽부터 마음이 벅차오른다. 심지어 나는 지금 달빛 별빛에 의지해서 걷고 있다. 저기 가오리 모양의 별자리가 보인다. 1시간만 일찍 나와도 별빛을 마음껏 즐길 수 있다. 이 얼마나 좋은가?

고요한 새벽에는 지팡이 소리도 거슬리게 들려 아예 지팡이를 들고 걸었다. 기온은 7도로, 쌀쌀하다. 입김도 나와 안경을 흐리게 한다. 8시 무렵에는 작은 마을을 관통했다. 이때 그리스의 테오도라키스가 작곡하고 조수미가 부른 〈기차는 8시에 떠나네To Treno Fevgi Stis Okto〉가 나온다. 타이밍도 기가 막히다.

오늘의 중요한 이야기는 이것이 아니다. 모든 물건에는 그 용도가 있다. 순례길에 오르는 것만 하더라도 여러 물건들이 필요하다. 지팡이는 특히 내려갈 때 무릎 보호에 절대적인 도움을 준다. 올라갈 때 기어가듯 의지하는 효과도 있다. 밴드는 물집 부분이 덜 쓰리게 만들어 준다. 자외선 보호크림은 또 어떤가? 내 백옥 같은 피부를 지켜주는 역할을 한다

사람도 용도가 있다. 신이 인간을 만들었다면 신의 의도가 담긴 목적이, 신을 믿지 않는 사람들에게도 그 나름대로 목적이 있을 것이다. 인간이기 때문에 스스로의 용도, 혹은 존재의미를 인식하고 만들어 가는 경우도 있을 것이다. 나의 용도는 무엇인가? 나의 인생 목적은 또 무엇인가? 신이 만든 의도와 내가 만들어 가는 것이 일치하는가? 난 스스로 쓸모 있는 존재가 되어가고 있는가? 이런 생각을 하고 있자니 어느새 뒤에 면동이 떠올랐다. 아무래도 지금 딱 부러지게 답할 순 없을 것 같다. 드디어 이번 순례길 내내 생각해야 될 내 화두를 정했다.

8시 30분 카페에서 사과와 에스프레소를, 10시에 오렌지주스와 빈첸토가 건네준 포도를 먹고 오늘 목적지인 에스테야까지 힘을 낸다. 언덕이다. 종아리, 허벅지, 물집 등이 다 괜찮아진다 싶었는데 이젠 발바닥과 뒤꿈치가 아파온다. 가지가지한다. 야고보 형님은 왜 스페인 먼 곳까지 와서 나를 이리 고생시키는 건지.

중세의 아름다운 소도시인 에스테야가 보인다. 길치 본색을 드러내듯 여기서 40분을 헤맨 후 숙소에 도착했다. 샤워와 빨래를 하고 맥주 한잔 하며 순례기를 쓴다. 37,569걸음으로 27.53킬로를 걸었다. 도착시간은 1시 10분이다.

08 떠나야 할 시간, 바로 지금

어제는 샤워와 빨래를 하고 슬리퍼를 질질 끌며 시내 산책에
나섰다. 뜨거운 에스테야의 태양을 느끼며 천천히 걷다 보니
어느덧 광장에 도착했다. 광장에서 여유롭게 순례자 메뉴 식사를
하며 순례기를 써 내려갔다.

오후 9시에 잠자리에 들었지만 11시에 잠시 깼다. 마이크로소프트
한국 오피스 다니는 윤 부장과 순례길에 대해 1시간 가까이
메신저로 얘기를 나눴다. 그 친구는 11월에 떠나신다네. 많이 추울
텐데 안전하고 의미 있는 순례길 되길 빈다. 한국인들끼리 였지만
우리는 "부엔 까미노"라고 인사했다. 돌아가서 순례길 노하우 많이
알려주기로 했다.

오늘은 여기 와서 처음으로 아침에 일어나기가 싫었다. 온몸이
아프거나 근육이 당기거나 그러지도 않은데 이상했다. 날짜를
확인해 보니 월요일이었다. 여기까지 와서도 월요병은 유지되는
건가? 쩝! 서글퍼지네.

그래도 제법 이른 6시 20분에 출발했다. 바람도 좀 분다. 어둡다.
홀로 에스테야 시내를 빠져나오는 데 까미노 표식인 가리비나
화살표가 잘 보이지 않는다. 물어물어 제대로 길을 들어선 것

같다가도 헤매기 일수다. 새벽은 고요해서 좋으나 길이 잘 안
보이는 단점도 있다. 새벽의 순례길은 쉽지 않다. 고독을
즐기는 것에 대한 대가를 치러야 한다. 하지만 그러다가도
길바닥의 가리비를 발견하면 큰 기쁨이 된다. 그제야 하늘의
별들을 본다. 제대로 찾은 것 같아 가리비 목걸이에 입을
맞췄다. 오늘도 저 별들과 달이 나를 이끌어 줄 것이다.

3.5킬로 걸으니 이라체 수도원에 도착한다. 수도원 입구에
수도꼭지가 두 개 나란히 있다. 왼쪽이 와인 오른쪽이 물이다. 둘 다
공짜다. 수도사님들이 주님을 제대로 섬기시는 것 같다.
나는 당연 왼쪽이다. 주님의 사랑이 넘친다.

8.8킬로를 걷고 8시 5분에 첫 휴식을 취했다. 오렌지주스에
계란과 사과 하나. 단출한 아침이다. 언덕에 산타 마리아 성당이
보인다. 아래로 내려오는데 마지막 가리비 이후 비포장도로가
계속 이어진다. 화살표가 안 보여 이 길이 맞나 자꾸 의심이 든다.
순례자도 안보이니 더 의심이 심해진다. 불안한 마음을 갖고
한참을 걸으니 그제야 화살표가 나온다.

화살표가 가리키는 방향은 일단 믿어야 한다. 그 길이 길더라도
도중에 의심하면 안 된다. 결국 그 화살표 방향이 맞고 우리는
목적지에 도착하게 된다. 믿음의 길도 마찬가지다.

지금 이 순간이 너무 좋다. 가을 추수가 끝난 탁 트인 황토색 벌판,
가벼운 발걸음 그리고 떠오르는 태양도. 화살표를 의심한 것에
대한 미안함도 큰 깨달음으로 다가온다. 바로 지금 이 순간.

지금 이 순간

지금 이 순간 나만의 길
당신이 나를 버리고 저주하여도
내 마음속 깊이 간직한 꿈
간절한 기도 절실한 기도
신이여 허락하소서
_뮤지컬 〈지킬 앤 하이드〉 중

지금 이 순간 신과 만나야 된다. 신을 믿지 않는다면 자신의 깊은 내면과 마주해야 한다. 더 늦출 순 없다. 빨리 대면할수록 인생이 풍성해질 수 있다.
망설이는가? 떠나야 할 시간은 바로 지금이다. 적어도 지금 이 순간 신이든 내면의 본 모습이든 만나러 떠나야 한다. 욕심을 내려놓고 껍데기를 벗어 던지고 온전히 자신을 버리고 다른 세계로 들어가야 한다. 바로 지금 이 순간 말이다. 그래야 인생의 본 의미를 작게나마 알아갈 수 있다.

아직 화살표에 대한 믿음이 약했나 보다. 반대편에서 걸어오는 순례자를 만나서 오늘 목적지인 로스 아르코스를 물어보니 방향 맞단다. 원래 맞았던 거다. 내 믿음이 부족했을 뿐.
33,963걸음을 걸어 24.55킬로를 와서 다소 이른 오후 12시 10분에 도착했다. 일찍 도착했음에도 불구하고 인자해 보이는 알베르게 할머니가 2층 침대로 배정해 주셨다. 뭉친 근육으로 2층 침대

오르락 거리는 것도 큰일이었다. 비꿔달라 사정했지만 나이 젊다고 웃으며 그냥 쓰라 한다. 그래, 아직 내 몸뚱이가 쓸만하지. 어르신들을 위해 오늘은 2층에서 자야겠다. 신과 조금 더 가까이 말이다.

09 사랑은 돈이 들지 않는다

오후의 뜨거운 햇살은 빨래를 바싹 말려준다. 게다가 빨래를
널고 잠시 맥주 한잔의 여유마저 갖게 해준다. 좋다. 정오 갓 넘어
알베르게 도착하니 시간이 남아도 너무 남는다. 젊은 친구들은
이럴 때 어쩔 줄 몰라 한다. 이 한가함을 즐겨야 하는데. 나는
나 나름의 방식으로 여유를 즐긴다. 카페에 홀로 앉아 일정을
정리하고 순례기도 써내려간다. 나에게 있어 꼭 필요한 의미 있는
시간이다. 이럴 때는 혼자 오길 잘했다는 생각이 든다.

어제 걸은 길은 숲이 하나도 없는 광활한 벌판이었다. 가을
추수가 끝난 황토색 벌판이 펼쳐지고 그 끝단에 푸른 숲이 조금
보이는 풍경이다. 흙색이 이렇게 아름답다는 것을 새삼 느끼게 된
하루였다. 나에겐 6일 중 가장 인상 깊었던 길이었다. 며칠 전부터
자주 만났던 친구들도 어제 까미노가 좋았다고 한다. 다들 하는
얘기가 앞뒤로 순례자들이 거의 보이지 않아 오롯이 혼자만의
시간을 가질 수 있었단다. 고도 차가 거의 없는 평평한 벌판에서는
다들 일정 속도로 늘어져 가서 그런가?

왜 그런 거 있지 않은가, 언덕이 높거나 하면 그 언덕
오른 후에 힘들어 쉬느라 한곳에 모이는 그런 현상
말이다. 일종의 병목현상. 어제는 그게

없었다. 그래서 더 자신의 내면에 집중할 수 있게 된 거지.

늦은 점심을 먹고 애기를 나누다 바에서 맥주를 한잔 하고 돌아오는 길에 산타마리아 성당의 미사에 참가했다. 한국에서 왔다 하니 한국어로 된 '순례자의 기도'를 나눠 주신다. 그것을 받아 들고 기도문을 읽었다.

순례자의 기도

광야에서 이스라엘 백성을 이끌던 아브라함을 칼데오 땅에서 불러내시고,

그가 방황할 때 보호해주신 하느님,

당신을 사랑하는 마음으로 산티아고 길을 걷는 당신의 종 저희를 보살펴 주시기를 청하나이다.

가는 여정 동안 저희의 동행이 되어주시고,

갈림길에서는 저희의 인도자가 되어주시고,

피로로부터 저희의 휴식처가 되어주시고,

위험으로부터 저희를 지켜주시고,

가는 여정에 저희의 쉼터가 되어주시고,

더위에 저희의 그늘이 되어주시고,

어둠 속에 저희의 빛이 되어주시고,

좌절로부터 위로와 안식을 주시고,

계획을 위해서는 이루고자 하는 강인함을 주소서.

당신의 보호로 목적지에 안전하게 도착하고,

여정 뒤에는 기쁨과 함께 무사히 집으로 도착할 수 있도록

당신의 은총을 내리소서.

언제 어디서나 저희와 함께 하시는 예수 그리스도와 함께,

성령으로 하나 되어,

전능하신 천주성부

모든 영예와 영광을 받으소서.

산티아고(야고보) 사도,

저희의 기도를 들어주소서.

성모 마리아님,

저희의 기도를 들어주소서.

다 나 같은 순례자에겐 구구절절 진한 기도다. 감사하다.
기도를 마치고 나오는데 성당 문 오른쪽으로 좀 떨어진 곳에 예수
십자가 상이 보인다. 같이 간 친구들이 다 스마트폰을 꺼내 사진을
찍는다. 나도 찍으려다 못 박히신 발목 부분이 이상해서 가까이
가서 보니 글쎄… 그 발목을 예쁜 꽃송이로 묶어 가려 놓은 것이
아닌가. 그것을 한 사람의 따뜻한 마음이 느껴져 뭉클했다. 함께 간
친구들에게도 얘기해 줬더니 다들 너무 좋아라 한다.

어제 아래층 스페인 할아버지의 코골이는 거의 역대급이었다.
탱크가 서너 대 지나가는 줄 알았다. 그래도 나 역시 몸이
피곤해서인지 비교적 다른 날들보다는 잘 잔 것 같다.
오늘은 오전 6시 32분에 출발했다. 우리 회사가 한국벤처투자의
모태펀드 정시 펀드공모에서 선정되었다는 소식과 함께 가볍게
시작했다. 물론 우리 회사로부터가 아니라 KTB 선배 정재우로부터

들은 것이라 기분이 좋기도 하고 나쁘기도 했지만 그래도 세 번째 도전만에 되어서 천만다행이다.

이른 새벽에 출발하는 것은 좀 더 고독과 가까워지는 것 같아 좋으나 길을 찾기가 영 만만치 않아 힘들기도 하다. 손전등을 비춰도 화살표가 잘 안 보일 때가 많다. 그러다 발견하는 화살표나 가리비 표시는 오아시스 같이 느껴진다. 갈림길에선 언제나 절묘한 위치에 노란색 화살표가 보인다. 그저 감사할 뿐이다.

새벽의 한기는 손을 얼게 할 정도로 강렬하다. 장갑을 꼈음에도 불구하고 손이 꽁꽁 언다. 콧물도 흐르고. 기온은 8도라 나오는데 바람까지 부니 체감 기온은 영하 수준이다. 한참을 어둠 속에서 직진하다 오른쪽을 가리키는 화살표를 만났다. 안도감에 여유를 부리고자 뒤돌아보니 파스텔 톤의 먼동이 은은히 퍼지고 있다. 자연이 주는 선물이다.

8시 무렵 도착한 첫 카페에서 커피 한잔을 하고 다시 걷는다. 새벽길에 함께 걸은 순례자에게서 건네 받은 오레오 과자를 깨물자 입안에 강렬한 단맛의 기운이 퍼진다. 아 좋다. 원래 오레오가 이렇게 달고 맛있었던가?

어제에 이어 오늘도 그늘 없는 벌판을 걷는다. 별빛, 달빛, 흙빛 다 아름답다. 어제 홀로 걷다 목적지인 로스 아르코스로 가는 표지판을 발견하고 얼마나 기뻤는지 모른다. 그 표지판 아래에는 이렇게 쓰여있었다. 'Nature is free, Love is Free'

자연은 우리에게 모든 것을 내어 준다. 숨 쉴 수 있는 공기도, 마실 수 있는 물도, 그늘이 되어주는 나무도, 강렬한 태양도, 아름다운 별빛과 달빛도 아무 대가를 요구하지 않고 그저 내어준다.

사랑도 쓰는데 돈이 드는 게 아니다. 그저 자연처럼 내어주면
되는데 왜 자꾸 내 안에 움켜쥐고 있으려 하는지. 나눠 주면 줄수록
없어지는 것이 아니라 더 가득 찰 텐데 왜 아끼려고만 하는지.
짧은 문구였지만 순간 많은 것을 느낄 수 있었다. 신이 우리에게
자연과 사랑 이 두 가지를 선물로 주셨는데 우린 최소한 사랑
만이라도 마음껏 베풀고 살아야 한다. 그게 신의 명령이고 우리의
의무이다.
며칠 전 만난 스페인 세비야에서 온 알폰소는 나에게 이런 말을
해줬다. "우리 모두는 각기 다른 방식으로 신을 믿지We all believe God in
a different way" 맞는 말이다. 믿는 방식이 다를 뿐이지 각기 자신만의
신은 있는 듯하다.
10시 10분에 사과 하나를 꺼낸다. 달다. 눈 앞에 펼쳐진 포도밭과
올리브 밭을 보며 내 인생의 자갈밭을 생각한다.

작은 도시 비아나를 지난다. 며칠 전부터 가리비 표지판 아래 'Wild
Sheep'이란 문구가 낙서처럼 많이 써있다. 왜 이런 문구가 많지?
진짜 야생 양이 많아서 조심하라고 하는 걸까 아니면 우리가 아직
길들기 전 거친 양이라서 그런 걸까.
끝없이 펼쳐진 곧은 오르막길을 오른다.
강력한 10월의 태양때문에 열기는 27도까지
치고 올라간다. 발가락에 물집이 점점 더 차오
르고 발바닥의 통증도 더 심해진다. 통증을
이겨내려 더 빨리 숨을 헐떡거리며 쉬지 않고
계속 내달린다. 8시 20분에 커피 한잔 이후 별

쉬는 기 없이 내리 5시간을 내달려 오후 1시 20분, 로그로뇨의 숙소 빼로퀴아 데 산티아고 엘 레알에 도착했다. 기부제로 운영되는 알베르게다.

아뿔싸, 오후 2시부터 문을 연단다. 근처에 식당을 찾다 벤또라는 식당에 들어갔다. 순례자 메뉴가 15유로로 다른 도시에 비해 비쌌지만 스타터로 나오는 샐러드, 메인인 데리야끼 소스 돼지고기 그리고 디저트 레몬 요구르트 아이스크림까지 지금까지 먹은 음식 중 최고였다.

식사 중 며칠 전 본 스코틀랜드에서 온 지미를 만났다. 어제 거리가 너무 짧았다며 다음 도시 가서 잔다던 친구인데 오늘 코스가 좀 길다 보니 여기서 다시 마주쳤다. 아는 얼굴은 언제나 반갑다. 오늘 42,742걸음으로 30.88킬로를 왔다.

10 어떻게 사랑해야 할지

점심 먹고 들어가니 알베르게엔 아직 사람이 별로 없다. 샤워는
했는데 빨래는 세탁기가 없어 바로 포기했다. 잠깐 누워 눈을
붙였다. 뭔가 소리가 들려 깼는데 저쪽에서 한 오스트레일리아
순례자가 왜 그리 심하게 코고냐고 나무란다.

바로 미안하다고 했지만 나도 기분은 나빴다. 외국 사람들은
이렇게 대놓고 얘기하나? 마음이 뒤숭숭한 채로 뒤척이니 기분만
나빠질 뿐이었다. 차라리 밖으로 나가는 편이 좋을 것 같았다.

저녁 식사는 숙소에서 8시 15분에나 준비된다고 해서 맥주나 한잔
마시기로 했다.

바를 발견하고 들어가려다 그 옆에 담배 가게가 보여 먼저 들렀다.
시가를 얘기하니 쿠바 아바나 몬테크리스토를 바로 보여준다. 개당
7.9유로 하는 것을 2개 구입했다. 바에 홀로 앉아 일몰과 함께 잠시
여유를 갖는다.

한번은 빅베이슨 윤필구 대표가 "순례기를 시로 써보는 게 어떻겠냐"고 한 적이 있었다. 맥주 마시니 하필 그 말이 떠오를게 뭐람! 결국 나는 다음과 같이 적었다.

순례 1

이희우 지음

발가락에 밴드 세 개
갈라진 발바닥
부어 오른 발목
까무잡잡 피부
길어지는 수염

빠지는 살
커져가는 끈기
깊어가는 생각
고독, 그리고
내 본모습과의 대면

이게 순례다

맥주를 마시고 돌아오는 길에 그 담배 가게에 다시 들러 시가 컷팅을 하고 성냥을 빌려 불을 붙였다. 알코올에 시가까지 빠니 잠깐 핑 돈다.
8시 15분, 저녁식사 시간이다. 식사 전 순례자들 각자 자기소개

시간을 가졌다. 아르헨티나, 핀란드, 이탈리아, 영국, 한국 등
다양한 나라에서 다양한 사람들이 왔다. 소개 후 찬트를 부르는
시간을 갖는다. 주인이 가사 내용에 대해 스페인어와 영어로
알려준다.

Chant des Pelerins de Compostelle
(산티아고 순례자들을 위한 노래)

Ultreia Ultreia Esuseia, Deus, adju vas nos
울트레이야, 울트레이야, 에수세이야, 데우스, 아주 바 노스
(계속 걷고 계속 걷고 성장하고, 하느님이 우리를 도와주실
거다)

기도를 대신한 찬트가 끝나고 식사에 돌입했다. 사실 무료 숙박에
나오는 무료 식사라 크게 기대를 안 했는데 풍성한 샐러드와
미트볼 요리는 여느 식당의 10유로짜리 순례자 메뉴보다 나았다.
기부를 부르는 정성과 맛이었다. 와인까지 부딪치며 같이
식사하는 모든 순례자가 만족해했다.

7유로 기부만으로 부족해서 함께 식사한 20인분의
설거지까지 하기로 했다. 설거지 메인은 아르헨티나
세바스찬이 맡고 난 그가 씻은 그릇을 행구는 일을 했다.
설거지하며 물어봤더니 이 친구는 아르헨티나 남극연구소에
근무한단다. 맙소사. 그곳의 생물학자란다. 다음에 일론 머스크의

스페이스엑스 로켓 타고 화성에 갈 때 꼭 네리고 가야겠다. 혹
조난당할지 모르니 감자라도 키워 먹게 말이다.
오늘은 6시 25분에 출발했다. 기온 6도라는데 다행히 체감상
어제보단 덜 춥다. 그래도 새벽엔 춥다. 40분을 걸어 복잡한 도시를
빠져 나와서야 하늘을 처음 본다. 오늘도 별이 총총 펼쳐있다.
손끝에 입금을 붙며 걷는다.
새벽 순례는 나의 내면과 대면하는 시간이다. 별빛 달빛을 벗 삼아
홀로 고독에 빠져드는 시간이다. 지금 이 순간 뮤지컬 〈지저스
크라이스트 슈퍼스타Jesus Christ Superstar〉 중 막달라 마리아가 부른
〈I don't know how to love him〉이 나온다. 이 곡은 팀 라이스가
작사를, 앤드류 로이드 웨버가 작곡한 감미로운 곡이다.

I don't know how to love him
What to do, how to move him
I've been changed, yes really changed
In these past few days when I've seen myself
I seem like someone else

I don't Know how to take this
I don't see why he moves me
He is a man, he's just a man
And I've had so many men before
In very many ways
He's just one more

그 남자를 어떻게 사랑할지 모르겠어요
뭘 해야 할지? 어떻게 그 남자의 마음을 움직일지
나는 바뀌었어요 정말 예전과 달라졌어요
나를 보면 요 며칠 동안은 정말 다른 사람 같았어요
이 상황을 어떻게 받아들여야 할지

그 남자가 어떻게 내 마음을 움직였는지 모르겠어요
그는 남자예요 한 남자일 뿐이에요
난 예전에 숱한 남자들을 만나봤거든요
그 남자는 그저 한 명 더에 지나지 않아요
_I don't know how to love him 중에서

때론 나도 막달라 마리아의 심정이 되곤 한다. 나도 신을 어떻게
사랑할지 잘 모른다. 어떻게 행동해야 될지도. 그저 그가 또 한명일
뿐이라는 생각도 한다. 노래를 듣는 내내 계속 가사와 멜로디가
맴돈다. 어떻게 사랑하지? 내가 바뀐 건가? 아님 바뀌어 가고 있는
건가? 오늘 새벽 순례길은 이런 생각으로 가득 찼다.
어쨌든 13.44킬로를 와 오전 9시에 첫 휴식을 갖는다.
오렌지주스와 사과 하나. 단출한 간식이다. 좀 있다
스코틀랜드에서 온 지미를 또 만났다. 매일 이침 몰트 위스키를 한
모금 마시고 출발한다네. '와 좋겠다'며 맞장구를 쳐 줬는데 짜슥이
위스키 한 모금 안주네. 쩝! 이 친구는 직장 관두고
1년 여행 다니는데 첫 코스로 산티아고를 왔다고 한다.
이런 친구들이 제법 많다.

도로 옆으로 계속 이어지는 지루한 길을 다시 출발했다. 가다보니 포도밭이 등장했는데 목도 마르고 힘들어 포도를 따먹었다. 첫 번째 포도는 송이가 작았지만 엄청 달았고 두 번째는 송이는 큰데 맛은 시었다. 작은 놈은 영양분이 더 응축되어 단맛이 진해진 듯하다. 계속 걷지만 바닥도 딱딱하고 오늘은 유난히 풍경도 그닥 재미없다. 그늘도 없고 쉴만한 곳도 거의 없다. 그런데 가야 하는 거리는 30킬로 가까이 된다. 끊임없이 이어지는 포도밭과 먼지 펄펄 날리는 길이 나를 힘들게 한다. 순례길은 이렇게 매일 다르게 힘들다. 더 이상은 지루함에 지칠 것 같아 오히려 9시부터 쉬지 않고 4시간을 내달려 이른 1시 10분에 도착했다. 오늘 하루 44,230걸음으로 31.19킬로를 왔다.

11 한 시간의 추위

어제 저녁은 해물라면으로 해결했다. 마트에서 산 새우, 관자,
오징어 등 해물과 소시지를 잔뜩 넣어 한국인 친구가 준비해온
라면과 함께 끓였다. 이번에도 와인은 내가 준비했다.
맛있게 먹고 있는데 옆 테이블에서 이탈리아 셰프 출신 순례자가
스파게티를 산더미처럼 해서 나눠주고 있는 게 아닌가. 물어보니
미리 신청을 받아 인당 4유로 받고 팔고 있는 거였다. 보통 식당의
순례자 메뉴가 10유로 정도니 맛과 양, 그리고 귀찮음을 고려했을
때 충분히 구미가 당기는 아이템이었다. 참으로 대단한 친구다.
순례길 다니면서 자기 재능으로 돈도 벌다니 내일은 나도 신청해서
먹어 보련다.
식사 후 애기를 좀 더 나눠보니 이름은 파우였고 한국에서도
요리사로 근무한 경험이 있다고 했다. 홍대 부근 스페인 식당에서
빠에야를 주로 했었단다. 한국어도 몇 마디 할 줄 알고 괜찮은
친구다. 와인, 음식, 그리고 멋을 아는 친구들과 환상적인 밤을
보냈다.

오늘은 6시 55분에 출발했다. 다소 늦잠을 잤다. 한국서 사온
선블록이 다 떨어져 어제 나헤라에서 산 스프레이 스타일의

선블록을 아침에 급하게 뿌리고 나오다가 그만 그게 눈에 들어가 새벽부터 눈물 흘리며 걷고 있다. 아침 기온은 6도이고, 하늘 별을 보니 오늘도 춥고 덥겠다.

플래시를 비춰가는 아저씨 따라서 걸어 그런지 길을 헤매지는 않고 있다. 복이다. 좀 있다 그 아저씨를 만나게 되었는데 "너무 추워요It's so cold"라고 하니 "이건 딱 한 시간 동안의 추위야It's only one-hour cold"란다. "해가 나오면 바로 괜찮아져Sun comes out, It will be OK"란다. 그러면서 코를 땅바닥에 휙 풀고 간다. 멋진 카리스마다. 사실 나도 그건 알아 반바지로 걷고 있지만 추운 것도 사실이다.

덩샤오핑은 중국의 지도자 중에서도 내가 좋아하는 위대한 지도자다. 하버드대 에즈리 보걸 교수가 쓴 매우 두꺼운 『덩샤오핑 평전: 현대 중국의 건설자』를 보면 서양 학자의 비교적 객관적

시각으로 쓰인 덩샤오핑의 일생을 볼 수 있다.

그는 1904년에 태어나 1997년 93세의 나이로 세상을 떠났다. 그의 일생을 보면 그가 권력의 전면에 드러나기까지 65년이 걸렸다. 이 책은 그 65년을 전체 책 구성 중 10분의 1로 가볍게 처리했다. 즉, 쓰촨성에서 태어나 프랑스 유학, 대장정 참가, 중화인민민주공화국 건설, 고급 간부로의 생활, 문화대혁명, 두 번의 추방과 복권까지를 짧게 요약해 빠르게 훑고 지나간다.

맙소사. 인생에서 65년이면 모든 걸 이룬 나이라고 생각했다. 그런데 덩샤오핑은 그때부터 자신이 품었던 뜻을 이뤄가기 시작했고 드디어 1978년 74세의 나이에 이르러서야 국가지도자의 자리에 오른다.

그는 책의 부제답게 '현대 중국의 건설자'이다. 정치적으로는 모택동에 대한 존경은 유지하되 경제적으론 노선을 달리 감으로써 사회주의자들과 자본주의에 대한 반감을 동시에 없앴고, 개혁개방 정책을 추진하여 경제성장도 가속시켰다. 천안문 사태에 대한 진압 등 오점도 있지만 정치적으로는 헌법을 개정하여 5년 중임 원칙을 세웠으며 이 부분은 현재까지 유지되고 있다. 권력의 균형과 부패를 방지하기 위해 장쩌민＊ 이후 공청단 계열의 후진타오＊＊, 혁명 자녀 출신인 태자당 계열의 시진핑＊＊＊까지 어느 한 계열이 연속해서 집권하지 못하도록 교차 정권수립을 거의 시스템화했다. 바로 격세지정隔世指定 차차기의 후계자를 미리 지정하는 방식이다. 뭐, 이게 시진핑의 야욕으로 어떻게 될지 올해 11월 19기 1중전회가 흥미로워지긴 하다. 실제 시진핑의 장기집권이 가시화되었기 때문이다.

＊　　　1990년부터 2003년까지, 13년 동안 집권
＊＊　　2003년부터 2013년까지, 10년 동안 집권
＊＊＊ 2013년부터 2022년까지, 10년 집권 예정

비록 한 페이지로 정리했지만 넝샤오핑은 엄청난 정신력을
가지고 이 모든 것을 이뤘다. 그는 자신의 뜻을 이루기 위해
65년을 모택동 밑에서 참고 견뎠다. 문화대혁명 시절 하방
당해서도 복귀 이후 계획을 다지며 견뎠다. 그 오랜 인내
끝에 현대 중국 밑그림이 그려진 것이고 그것을 완수한 거다.
장장 65년을 견디며 말이다. 그런데 난 고작 '한 시간의 추위'
가지고 손이 시렵다고 콧물을 훌쩍거리며 난리를 치고 있다.
하지만 추운 건 어쩔 수 없다. 6.5킬로 정도 걸었으니 바에서
따뜻한 커피로 잠시 쉬다 다시 출발하기로 한다. 8시 10분이다.
한국에서 온 윤덕이랑 대화를 많이 했다. 의대 휴학하고 6개월간
돈 벌어 4개월간 배낭여행 다니는 친구다. 멋지다. 아직 군대도
다녀오지 않은 이십 대 초반인데 이렇게 주도적으로 살다니.
언덕. 10시 10분에 휴식. 13.89킬로. 그리고 복숭아 하나. 멀리
산토 도밍고가 보인다. 그때 〈You raise me up〉이 나온다. 앞에서
시원한 바람이 불어온다. 양팔을 벌리며 노래를 따라 부른다. 내
몸이 살짝 들려짐을 느낀다. 발걸음이 가볍다.
12시 5분에 산토 도밍고 알베르게 도착했다. 31,502걸음으로
22.33킬로를 오다.
점심 식사 중 스코틀랜드에서 온 뚱뚱한 지미를 또 만났다. 자기는
도착했는데 배낭이 아직 도착 안 했단다. 이 친구는 가끔 다음
숙소까지 배낭을 택배로 보낸다. 이런 것을 한국 애들은 농담조로
'당나귀 서비스Donkey Service'라 부른다. 지 힘으로 지고 안 가고
당나귀 등에 태워 보낸다고. 그래서 내가 한 마디 했다. 너가
배낭보다 빠르네!

스페인 셰프 순례자 파우 역시 다시 만났다. 오늘 저녁도 요리 할거냐 물으니 한단다. 얼마냐 물으니 5유로라 한다. 어제보다 비싸다. 스파게티가 아니라 소고기 스튜라서 그렇단다. 기꺼이 5유로를 지불했다. 세계 각지의 순례자들과 함께 즐기니 너무 좋다. 오늘도 아름다운 밤이 될 것 같다.

12 길과 신

10일 대략 200km 정도 걸었다.

어제 샤워를 하고 산티아고 순례길 온 이후 처음으로 손톱을
깎았다. 보통 출장을 가더라도 길어야 일주일이었는데 이번엔 길게
잡다 보니 손톱도 깎게 되었다. 정신없이 걷다보니 벌써 열흘이
지났다.

빨래를 돌리려 하는데 같은 숙소에 묵은 한 한국인 친구가 내
것까지 함께 해주겠단다. 복이다. 하루치 빨래를 할 경우 양이 많지
않아 합치는 경우가 종종 있다. 감사 표시로 맥주 한잔 쏘기로 했다.
빨래는 그 친구에게 맡긴 후 난 한숨 낮잠을 잤다.

꿀잠에서 깨어나 보니, 내
쪼리가 시내 돌아다니기엔 너무
힘들어 보여 아래로 내려가 편한
아쿠아슈즈를 샀다. 이제야 좀
편하고 폼도 좀 더 나는 것 같다.
스페인 셰프 출신 순례자
파우가 오후 4시부터 소고기
굽고 준비하더만 7시 30분 쯤
환상적인 소고기 스튜와 수프가

완성되었다. 5유로씩 낸 10명 조금 넘는 순례자들이 모여 즐거운 저녁 식사시간을 갖는다. 맛있는 음식과 와인 앞에서 다들 너무 좋아한다. 앞에 앉은 이탈리아에서 온 21살 안드레는 이미 술을 많이 마셔 눈이 풀렸다. 그래도 이 녀석은 항상 멋있는 척한다. 같이 다니는 한국 친구들은 이 애를 부를 때 '중2병'이라 부른다.

오늘은 6시 41분에 출발했다. 어제 추위에 떤 게 서러워서 오늘은 다소 두껍게 입었다. 사실 옷은 가볍기 때문에 통상 배낭의 제일 밑부분에 들어가게 되어 걷는 도중에 옷을 꺼내기가 상당히 불편하다. 그래서 보통은 얇게 입어 좀 춥더라도 해뜨기 전까지는 참는 편이다.

도시의 불빛은 별빛을 감춘다. 도시의 가로등을 벗어나면 그제야 별들이 드러난다. 오늘은 구름이 좀 있다. 낮에는 덜 덥겠다.

간밤에는 꿈을 꿨다. 와이프가 나보고 회사 안 나간다고 구박하는 꿈이었다. 여기까지 와서 그런 꿈을 꾸다니, 씁쓸하다. 가장은 꿈에서도 가장인가보다.

서쪽으로 좀 와서 그런가 며칠 전까진 달이 앞에 보이던 게 이젠 뒤에서 비춘다. 달에 비친 내 그림자를 보며 걷는다. 은은한 달그림자. 기분 좋다. 새벽의 신선한 공기도 은은하게 물들어 오는 먼동도.

7.24킬로를 걸어 도착한 그라뇽에서 첫 휴식을 갖기로 했다. 8시 13분이다. 주인이 직접 짠 오렌지주스는 갈증을 금방 가시게 해주었다. 하몽도 하나 구입했고 바게트와 함께 먹으니 의외로 괜찮았다. 내일 다시 해봐도 좋을 것 같다.

이제 해도 뜨기 시작한다. 힌 시간의 추위도 끝났다. 두꺼운 겉옷을 벗어 배낭에 묶고 반팔로 가볍게 걸을 예정이다.

순례길을 뜻하는 '까미노'가 스페인어로 '길'을 의미한다는 것은 이제 다 알고 있을 것이다. 우리는 길에서 길道 을 찾기도 한다. 이를 구도求道라고도 한다.

즉 우리는 구도를 통해 그 자체가 길인 도를 구하는 것이고, 이것이 우리가 걸어가야 하는 길이다.

영어로도 비슷한가 보다. Road道에서 Lord神를 찾는 셈이다. 걸으며 신을 찾는다. 이건 동서양이 비슷하다. 우연의 일치인가? 이후 난 'I met the Lord on the road'라는 말을 자주 하고 다녔다.

오늘도 넓게 펼쳐진 들판이 나를 반긴다. 아무도 없는 나 혼자만의 고요와 고독의 풍경이다. 뒤에는 태양이 떠오른다. 달에 비치던 내 그림자가 이제는 태양에 비친다.

가다가 함께 걷고 있는 부자를 보았다. 앞에서는 건장한 아들이 천천히 걷고 있고 그 뒤를 따라 나이 드신 아버지가 양손에 지팡이로 땅을 짚으며 따라가고 있다. 아들은 아주 큰 배낭을, 아버지는 아주 작은 배낭을 메고있다. 분명 아버지 속도 때문에 새벽 일찍 출발했을 것이다. 아름다운 풍경이다.

11시쯤 벤치에서 잠깐 휴식을 취했다. 벌써 18.71킬로 왔다. 이제 얼마 안 남았다. 어제 한 친구가 그러는데 목적지가 1킬로 남았다는 표지판 밑에 어느 순례자가 'FUCK'이라고 크게 썼고 다른 순례자는 'Liar'라고 썼다고 한다. 사실 마을 초입까지 1킬로 남은 것은 분명 맞을 것이다. 근데 숙소는 마을에서 더 들어가야 나타나니 딱 1킬로만 표시한 표지판에 화도 나고 거짓말처럼

---

*   종교적으로 깊이 깨친 이치

느껴지기도 했을 거다. 나도 격하게 공감되었다. 왠지 그날
정한 목적지에 다 와가면 이상하게 긴장이 풀리면서 다리가 더
아파오고 남은 거리가 더 길게 느껴지기 때문이다.

벨로라도를 4킬로 남기고 지루한 자갈길이 나왔다. 오늘은 태양이
많이 뜨거워 대신 옆 풀밭 길을 걷는다. 여기는 푹신푹신해 발이
덜 아프다. 하지만 10월 중순 28도의 뙤약볕은 여전하다.

오후 12시 10분, 34,118걸음으로 23.69킬로를 왔다. 오늘까지 코스
상 222킬로, 실제로는 249킬로를 걸은 셈이다. 맙소사! 249킬로는
서울에서 내 고향 강원도 삼척까지의 거리다.

13 놀라운 은혜

벨로라도에서 점심으로는 햄앤에그를 시켰다. 하지만 맙소사, 막상
나온 것을 보니 그냥 일반적인 햄앤에그가 아니었다. 하몽으로
계란 프라이를 싸 먹는 것이었다. 만세, 기쁨이 절로 나온다.
스페인의 햄, 하몽은 사랑이다.
스페인의 작렬하는 태양은 순례자의 빨래를 위한 것 같다.
널어놓은 지 두 시간이면 바싹 마른다. 빨래를 걷고 시내 산책을
나간다. 광장 부근서 발견한 타파스 바에 들어가, 맥주 한잔과
스페인 순대, 소시지 그리고 문어꼬치를 시킨다. 스페인 순대는 또
한잔의 맥주를 부른다. 도저히 거부할 수 없다.
맛있게 먹고 돌아오는 길에 벨로라도 성당에 들어갔다. 혼자
무릎 꿇고 기도하고 돌아서려는데 오른쪽 끝 작은 예배당에서
순례자들을 위한 미사가 열리고 있는 게 아닌가? 순례자처럼
보였는지 신부님이 부르신다. 들어가니 한국어로 된 순례자
기도문을 주신다. 그리고 순례자를 위한 찬트를 부른다. 지난번
배웠던 〈울트레이아Ultreia〉다.
그리고 신부님의 부드러운 권유 아래 순례자들은 각자 나라별
찬송을 부르는 시간을 갖는다. 먼저 이탈리아, 아일랜드 사람들이
부른 다음 내 차례가 와서 난 이 순례기간 중 작고한 故 신상우＊의

＊ 2017년 10월 12일에 세상을 떠났다. 이 날에 부고를 들었다

144

생장 - 레온

곡 〈하나님의 은혜〉를 불렀다. 하나님의 은혜가 가득하기를. 긱
국가별 찬양이 끝나고 마지막은 다 함께 〈놀라운 은혜^Amazing Grace〉
합창으로 끝났다.

Amazing Grace

Amazing grace how sweet the sound
That saved a wretch like me
I once was lost but now I'm found
Was blind but now I see

'Twas grace that taught my heart to fear
And grace my fear relieved
How precious did that grace appear
The hour I first believed

다양한 나라의 순례자 모두가 함께 어우러진 멋진 연주였다.
신부님께서도 훌륭한 목소리로 화음을 넣어주셨다. 미사 후
신부님께서 머리에 성수도 뿌려 주셨다. 마지막에 기념촬영도
해주시는 멋진 신부님, 참으로 고맙습니다.
'Amazing Grace' 하니 2015년 미국 찰스턴 교회 총기 난사로
희생된 클레멘타 핑크니 목사 장례식에서 버락 오바마 대통령이
추도사 중 잠깐 멈추고 'Amazing Grace'를 두 번 외치고 좀 더 긴
멈춤 후에 나지막이 'Amazing Grace'를 부르던 장면이 생각난다.

자칫 흑백 간 대결로 갈 수 있는 분위기를 이 노래 하나로 풀어내는 모습을 보며 나는 많은 감동을 느꼈다. 이게 이 노래가 갖는 힘이다. 종교를 믿던 믿지 않던 절대적인 대상이 주는 아우라와 영향력은 때론 어떤 논리적인 설득보다 뛰어날 수 있다. 그것이 음악의 힘을 빌려 아름다운 가사와 멜로디로 나온다면 그 힘은 배가된다. 난 그 힘을 믿는다.

오늘은 6시 40분에 출발했다. 아침은 하몽 잔뜩 넣은 바게트로 해결했다. 한 프랑스 할머니께서 얼그레이 차를 만들어 주셔서 곁들여 먹었다. 할머니는 전 세계 어디나 사랑이 넘치시다. 이렇게 사랑 넘치는 대접을 받을 줄 알았다면, 랩노쉬는 아예 조금만 챙겨올걸 그랬다. 생장부터 들고 다니긴 했지만 결국 과감히 버리고 했다. 마치 내 몸속에서 지방을 긁어 모아 뭉쳐서 내던져 버린 느낌이 들었다. 물론 필요한 사람도 있겠지만, 지금의 나에겐 필요하지 않다.

오전 7시가 되니, 성당 종소리가 울려퍼진다. 좋다. 그래도 그 단백질 파우더를 버리니 몸이 가볍다. 오늘은 걷다가 처음으로 꼬꼬댁 소리를 듣기도 했다. 정겹네. 우리나라 닭과 비슷하다. 9.9킬로 와서 8시 40분에 첫 휴식을 취했다. 오렌지주스, 기피 그리고 사과 하나를 먹었다. 남은 거리는 18킬로다. 태양이 완전히 떴다. 새벽엔 빨리 해가 나오길 기대하는데 막상 나오면 뜨거워 언제 지나 걱정한다. 이게 인간이다. 10시쯤 언덕에서 두 번째 휴식을 취했다. 14.36킬로를 걸어왔다.

물을 마시고 걸어가면서 사과도 하나 먹는다. 오르막, 내리막 등이 적절히 섞인 길이다. 숲 속을 걸을 땐 그늘도 있어 시원하다. 새소리가 좋아 음악도 듣지 않고 걷는다. 온전히 자연과 하나 되는 느낌이다. 잠깐 뙤약볕에 나와도 뜨거워지려고 하면 바로 숲 속 그늘이 나타난다. 완벽한 조화다. 이런 길은 길어도 재미있다. 피로도 덜하다.

산 정상에서 평탄한 길이 9킬로 가까이 펼쳐진다. 소나무 숲길을 걸어가는데 갑자기 순례자의 노래가 부르고 싶어졌다. 이내 걷는 모습을 비디오로 찍으며 노래를 불러 내려갔다.

"울트레이야 울트레이야 에수세이야 데우스, 아 주바 노스 (계속 걷고 계속 걸으면 위로 올라가고 하느님이 도와주실 거다)"

정상 간이매점에서 귤과 사과 하나를 샀는데 정해진 가격은 없고 기부 형식이란다. 앞사람을 보니 실제 가격보다 더 내는 듯 했다.
난 정가 수준인 1.2유로만 냈다.

작렬하는 태양과 길게 펼쳐진 길이 계속 되었다. 9킬로를 더 걸어
12시 33분에 산후앙에 도착했다. 점심으로 바게트 빵 샌드위치와
맥주, 오렌지주스를 후다닥 해치우고 다시 오늘의 최종 목적지인
아헤스로 출발했다.

이 길은 아기자기하면서 예뻤다. 도중에 땅바닥에 원형으로 돌을
둘러놓은 게 보였다. 나도 작은 돌 하나 보탰다. 길이 재밌으면 덜
힘들다. 그리고 오후 1시 50분, 42,769걸음으로 29.6킬로를 와
아헤스에 무사히 도착했다. 도착하자마자 맥주 한잔을 시켰다.
마을 산책을 나와 오래된 성당을 둘러보았다. 홀로 무릎 꿇고
기도한다. 벽돌은 삭았고 누런 곰팡이도 피었지만 그 안은
정갈하고 고요하다. 조용히 나 혼자만의 기도를 올린다.

14 저 안개 너머

어제는, 아니 진짜 그 전날은 술을 많이 먹었다.
지나친 흥겨움과 감동은 주님을 부르는 듯하다.
일요일을 맞아 성당 미사에서 첫 번째 주님을, 성당
앞 바에서 두 번째 주님을 만났다. 나는 두 분 다 막지 않고
받아들였다. 프랑스에서 온 까뜨리나와 로하 모녀도 만났다. 보통
젊은 모녀나 부자가 같이 다니는 경우는 비행청소년인 경우가
많다고 한다. 순례길 걸으면서 인간 되라고. 그런데 이 모녀는 딸이
먼저 산티아고에 가자고 해서 엄마가 33일의 휴가를 냈다고 한다.
우리는 『이방인』을 쓴 까뮈 얘기로 수다를 나눴다. 나는
『이방인』을 고등학교 시절에 처음 접했는데 당시의 충격은
어마어마했다. 그리고 여전히 내 인생에 가장 많은 영향을 준
책이기도 하다. 이방인의 마지막 구절은 아직도 내 마음속에
생생하다.

> 내가 외롭지 않다는 것을 느끼기 위해서 이제 내게 남은
> 소망은 다만 내가 사형집행을 받는 날 많은 구경꾼들이 증오의
> 함성으로써 나를 맞아줬으면 하는 것뿐이다
> _알베르 까뮈, 『이방인』 중

내가 가수 파트리샤 카스 좋아한다니 놀란다. 까뮈 이야기 말고도 우리는 꽤 겹치는 부분이 많았다. 포크 스테이크와 더불어 몹시 흥거운 저녁자리였다.

방에 돌아왔는데 젊은 리투아니아 커플이 한 침대에 누워 가관이다. 이럴 땐 자리를 비켜주는 게 도리다. 길거리를 배회하다 발견한 바에 들려 맥주에 쿠바의 시가 몬테크리스토를 빤다. 이런 것도 순례다. 한참 시간을 때웠다. 지금쯤 들어가면 괜찮을 거다.

오늘은 아침 6시 30분에 출발하려고 했으나 문이 잘 안 열렸다. 한 순례자의 도움을 받아 6시 43분에 출발했다. 나와보니 구름이 꽤 있었고 자욱한 안개도 펼쳐져 있었다. 큰 나무에서 푸드덕 소리가 나길래 불빛을 비춰보니 매가 사냥중이었다. 이것도 순례길의 모습이다.

안개가 너무 짙어 앞이 잘 안 보인다. 마을 나설 때 본 첫 화살표 말고는 3킬로 내내 화살표를 못 봤다. 앞선 친구가 화살표 계속 안 보인다고 불안해한다. 내가 구글맵 켜서 이 길이 다음 마을까지 가는 길이 맞다고 알려줬는데도 계속 의심하는 눈치다. 실은 나도 불안한 건 마찬가지다. 그렇지만 난 구글맵을 믿는다. 좀 더 걸으니 100만 년 전의 원시인류가 발견되었다는 아타푸에르키에 도착했다. 그리고 여기서 순례자 무리들과 마주치고 나서야 안도했다. 나에게는 이들이 원시 인류보다 더 소중하다. 그 다음 길은 자갈밭 정도가 아니라 돌뭉치가 난잡하게 널린 가파른 언덕이다. 손전등 없인 오르기 불가능할 정도의 돌산이다.

새벽 순례길 중 제일 힘들었다. 이렇게 이른 시간에 땀 흠뻑 젖어본 것도 처음이다.

추석 한가위 보름달이 떴을 때 출발한 순례 일정도 열흘이 넘어가니 달도 꽤 많이 왜소해졌다. 이제는 그림자를 보이게 할 힘도 없는 듯하다. 가녀리게 떠있는 초승달, 그것도 구름에 가려 살짝 살짝만 보인다. 저 멀리 보이는 정상의 십자가는 새벽의 스산함과 짙은 안개로 인해 신비로워 보인다. 안개가 왜 안 개나 했는데 산 너머는 안개가 한개도 없다. 라임 어떤가?

안개 너머엔 안개가 걷혀있다. 인생에서도 그렇다. 안개로 인해 눈앞이 희미하고 미래가 불안해도 우리는 자신만의 확신을 가지고 믿고 나아가야 한다. 분명 안개 저 너머엔 맑은 하늘과 새로운 마을이 있을 것이다. 그걸 믿고 계속 나아가야 한다.

산에서 내려오니 갈림길에서 정식 가리비 표지판은 직진을, 노란색 화살표는 왼쪽을 가리킨다. 난감하다. 앞서가는 사람이 직진하길래 한참을 따라가다 전날 들은 얘기가 생각나 다시 되돌아갔다.

이번엔 작은 마을 통과하는 왼쪽 길을 택했다. 어제 한 화가 아저씨가 얘기하길, 이 길이 부르고스 공장지대를 지나가지 않는 좀 더 좋은 길이라고 했거든. 길이 구부정한 게 이쁘다.

10킬로를 와 9시 15분에 아침식사를 했다. 스페인식 순대와 계란이 들어간 들어간 샌드위치를 아메리카노와 함께 먹고 딸기주스를 후식으로 먹었다. 든든하다.

부르고스 대도시로 들어가는 길은 갈림길이 제법 많다. 양쪽 길 다 가능하다는 표지판이 있어 계속 선택해야 된다. 선택지를 주니 되려 망설이게 되는 이상한 현상이 발생한다. 또 갈림길에서 잠시 멈칫 하는데 자전거를 탄 순례자가 왼쪽 길을 가라고 한다.
강을 따라가면서 걷는 예쁜 길이라며.

노락색 물결의 은행나무 숲이 펼쳐진다.
실로 아름답다. 노란색 은행잎에 노란색
화살표가 이쁘다. 강을 따라서 물소리,
새소리 들으며 걸으니 산책 온 느낌이다.

강가의 은행잎은 이미 모두 노랗게 물들었고
강에서 조금 떨어진 나무들은 초록을 간직하고 있다. 노랑과 초록
그리고 파란 하늘의 조화가 멋들어진다. '이게 가을이다'라고
알려주는 것 같다. 길이 너무 아름다워 은행잎 모아 위로 던지며
동영상 찍고 난리를 쳤다. 함께 동행하던 두 동생 선경이, 영신이도
나의 난리에 동참하며 모두 흥거워한다. 그렇게 강변 산책로에서
한 시간 넘게 즐겼다. 이번 순례길 중 단연 최고의 길이다.
한바탕 난리에도 불구 비교적 빨리 1시 정각에 부르고스 성당 옆
알베르게에 도착했다. 34,557걸음으로 23.88킬로를 왔다. 샤워,
빨래 후 시원한 맥주 한잔을 걸치고 있으니 순례자 친구들이
하나 둘 씩 들어온다. 이때까지 마주친 얼굴들을 다시 다 만난
기분이었다. 바로 보이는 부르고스 대성낭을 앞에 두고 맥주가
맥주를 또 부른다.
고딕 양식의 부르고스 대성당은 뒷 건물이 보이게 투영된 설계
방식이 인상적이다. 첨탑에선 가우디가 살짝 보인다. 위대한 유산
뒤에 위대한 건축가가 나온 듯하다. 아름다운 밤이다.

15 평화를 주소서

Dona Novis Pacem

2017.10.16. Day 13

오후 5시에 부르고스 성당 앞 바에서 동행하던 한국 친구들과
함께 간단한 맥주파티를 즐기고 오후 7시엔 미사에 참가했다.
미사는 부르고스 대성당 안에서 진행되었는데 한쪽 예배당에서
한국인 신부님이 한국어로 미사를 집전^{執典}하고 계시는 게 아닌가?
다가가 보니 한국 성지순례 관광객 대상으로 하는 미사였다.
편한 마음으로 미사에 참가했는데 그만 미사에서 울음이 터져
나왔다. 내 죄가 너무 많아서 서럽고 감사해서 운 거다. 2년 전
산티아고 대성당 미사에서 운 느낌이랑 비슷했다. 펑펑 울고
나왔다. 그리고 다시 진하게 주님을 찾았다.
어느새 제법 해도 넘어가고 불빛이 어울리는 시간이었다. 성당을
은은하게 비추는 조명이 있는데 어떻게 맨 정신으로 돌아갈 수
있겠는가? 그건 부르고스 대성당을 무시하는 거지. 지금 필요한
것은 신의 물방울, 와인이다. 지금까지는 걷기 위해 먹었다면
오늘 이 순간만큼은 허를 호강시키기 위한 저녁를 먹고 싶었다.
스페인 요리 몇 개와 오늘 메인인 와인을 주문했다. 해도 완전히
넘어가고 성당이 좀 더 조명에 선명해 보일수록 우리의 와인잔은
비워져 갔다. 그렇게 술은 들어가고 밤이 흘렀다.

앗! 무의식중에 순례기를 안 쓴게 생각이 나 눈을 떠보니 새벽 4시다. 간밤에 무슨 일이 있었던 거지? 머리가 띵하다. 나 자신과의 약속도 약속이니 피곤해도 써야 하는데. 근데 이상하리 잘 안 써진다. 두 시간을 겨우 끄적인 것 같다. 오히려 이게 뙤약볕 아래 순례보다 더 힘들다. 침대에 누워 아이폰을 치켜들고 쓴다. 아이고 팔이야. 오늘따라 오타도 많이 생긴다.

처음 40분 동안 쓴 것을 초판으로 해서 수정과 사진 선택 등 최종 편집에 들어가 6시 10분에야 완성했다. 완성한다고 끝이 아니라 업로드도 해야했지만 일단 포기하고 오늘의 일정에 맞게 출발 준비에 들어갔다.

출발은 6시 50분이었다. 대도시 시내길은 화살표가 잘 안 보여 힘들다. 그래서 알베르게 문 앞에서 다른 순례자 나오길 기다렸다 출발했다. 뒤따라가니 화살표를 찾지 않아도 갈 수 있어 좋다. 앞선 중년 부부를 따라 1시간을 걸으니 이제야 도시를 벗어나게 된다. 부르고스는 큰 도시임에 틀림없다. 그즈음에 순례기를 브런치에 업로드했다. 연결 속도를 보면 욕이 절로 나오지만 순례길이라 참는다. 자욱한 안개가 있었지만 해가 뜨면서 서늘한 바람이 부니 서서히 걷힌다.

9시 15분에 첫 휴식을 갖는다. 하몽 샌드위치와 오렌지주스로 배를 채운다. 오늘 많이 가야 하기 때문에 든든하게 먹어둬야 하다 다시 걷다보니 10시를 알리는 성당의 은은한 종소리가 들린다. 햇살이 뜨거워지는 시간이다. 조금 더 가다 발견한 아주 작은 성당에서 기도를 올린다. 그리고 목걸이 걸어주시며 축복해주시는 스페인 할머니도 만난다.

다시 걷는데 회사 박민희 팀장에게서 키톡이 왔다. 올해 3월에
투자한 이탈리아 명품 구두 직거래 커머스 '제누이오' 후속투자의
투자심사위원회 의견을 물어본다. 곧 떠날 사람인데. 그래서
다음과 같이 답했다. "내 생애 마지막 투심위 의견서 쓸 기회 줘서
고맙네. 이제 VC 안 하려고 생각하니 이것도 매우 소중하다네."
잠시 뒤 이번에는 회사 전 부장에게서 이메일이 왔다. 산업은행
펀드 임시조합원총회 개최 공문이다. 아, 이제 정말 끝나가는구나.
내가 맡은 대표펀드 매니저직도 내려놓으면 모든 준비가 끝나는
것이구나. 작년 2016년 1월 회사를 만들고 열심히 달려오며
101억 원짜리 첫 펀드도 그해 10월에 만들었다. 하지만 그때부터
즐거움이 조금씩 사라졌던 것 같다. 아니 우울이 커졌다고나 할까?
무기력과 의욕상실, 거기에 노안까지 겹치니 갈수록 밑바닥으로
내려갈 뿐이었다.

내가 만든 회사인데 내가 의욕이 안 생긴다는 게 이해가 되시는가?
어디에도 하소연할 데가 없었고, 그저 남성 갱년기로 치부하고 내
탓이겠거니 할 수밖에 없었다.

아, 이럴 때 선크림이 눈에 들어가 너무 따갑고 아프다. 눈물도
계속 나오고 비비니 더 따갑고. 또 햇살은 왜 이리 강한 거야. 앞이
희미하니 어지럽기까지 하다. 마치 술 취한 것처럼. 잠깐 쉬며
생수로 눈을 씻어냈다.
끝없는 고원 길이 펼쳐진다. 내 앞 뒤 어느 순례자도 없이 나
혼자다. 지평선을 바라보며 걷는다. "도나 노비스 파쳄^{Dona Novis}
^{Pacem}", 즉 "주여 우리에게 평화를 주소서"가 떠올라 가사를

외쳐본다. 이 넓디넓은 고원에서 왜 평화를 외쳤는지 모르겠다.
그래도 크게 외쳤더니 마음이 조금은 홀가분하다. 마음의 평화가
왔다고나 할까? 버리고 걷고 낮추고 걷고 고통받으며 걷고
축복받으며 걷고 목마름을 느끼며 걷고 자연에 감탄하며 걷고 매일
일출을 보며 걷다 보니 마음에 평화가 찾아온다. 미움도 사라지고
그 자리에 여유와 사랑이 들어찬다.
그렇게 고원을 한참 걸으니 분지 형태의 마을이 멀리 아래쪽에
보인다. 오늘따라 유난히 반갑고 고마운 마음이 든다. 20.97킬로를
와 11시 50분에 점심을 먹는다. 오므라이스, 바나나와 사과
하나. 물론 갈증 때문에 맥주도 한잔 시킨다. 근데 아직도 10킬로
남았다는 건 아찔하다.

오늘 태양은 특별히 더 뜨겁다. 그늘 하나 없는 고원 벌판에 아무도 없다. 이 넓은 땅에 나 혼자 태양 아래 사투를 벌이고 있다. 도나 노비스? 아니, 존나 더버쓰!

2시 30분에 물 한 모금 먹으며 잠깐 휴식을 취한다. 끝없이 펼쳐진 직선 길, 뜨겁고 단조롭고 힘들다. 물집도 다시 아린다. 아프고 지루해 고통을 잊고자 나중엔 거의 뛰다시피 했다. 3시 정각에 분지 마을 온타나스에 도착했다. 마을 입구가 보이자 나도 모르게 환호성을 질렀다. 오늘은 첫째 날 이후 역대급 힘든 날이었다. 47,478걸음으로 31.8킬로를 오다.

16 비 오기 전에

Before the Rain

2017.10.17. Day 14

도착한 후 맥주와 샤워를 마친 다음에 온타나스
성당을 찾았다. 아주 작은 동네 성당으로 오후
4시 순례자들을 위한 미사가 진행된다고
해서 성당 내 비치된 한국어 해석이 있는 미사
순서지를 가져왔다. 라틴어로 진행되는 미사는
이해는 어려워도 그 봉독 소리에서 음률이 느껴지고 아름다웠다.
미사 후 신부님께서 십자가 목걸이를 직접 걸어주시고 순례길을
축복해 주셨다.

이제 배를 채울 시간이다. 우리 숙소에 머무는 한국 친구들이 각자
배낭에서 라면을 한두 개씩 꺼낸다. 그것을 한데 모아 끓인다.
동네기 작아 햄도 못 샀지만 계란 6개를 풀고 끓이니 이것도 제법
양이 된다. 라면은 언제나 진리다. 그리고 이어서 햄버거를 곁들인
맥주 파티가 시작된다.

흥겨움을 뒤로하고 10시쯤 잠이 들었다. 하지만 전에 순례기를
쓰지 않았다는 것이 상당한 스트레스로 다가온 것 같다. 새벽
2시에 눈이 떠졌다. 그리고 아이폰을 챙겨 문 밖으로 나갔다.
계단에 쪼그리고 앉아 1시간 동안 순례기를 썼다. 참 이게 뭐라고.
쩝!

오늘은 오전 6시 35분에 출발했다. 내가 묵은 빙은 주로
어르신들이 계셔서 5시 30분이면 다들 눈을 뜬다. 그리고 6시면
모든 준비를 끝내고 떠난다. 이것도 연륜이라면 연륜일까. 나
따위는 아직 역부족이다. 오늘도 30킬로 가까운 일정이라 아침을
든든히 먹어야 한다. 바나나 2개를 먹은 후 1층 카페에서 갓 구운
크로와상이랑 커피를 먹었다.

구름이 많이 껴서 그런가 오늘은 유독 어두운 것 같다. 혼자
출발하기가 그래서 함께 갈 순례자가 나오길 기다렸다. 때마침
이탈리아의 줄제로 할아버지가 나오길래 같이 출발했다.
할아버지는 자신의 헤드마운트 라이트가 어둡다고 함께 가자고
하신다. 그래서 내가 플래시로 길을 비춰주며 1시간을 걸었다.
줄제로 할아버지가 발걸음이 많이 빨라 새벽부터 좀 고생이긴
했다. 별들이 조금 보이다 구름에 사라진다. 물소리 바람소리
처벅처벅 등산화 내딛는 소리 모두 좋다. 습기를 머금은 바람은
비를 예고하는 듯하다.

오늘 전까지 무려 13일 동안 비가 없었다. 지금까지의 내 여정이
힘들었다고는 하나 비올 때와는 견줄 바가 안된다. 그리고 그 비가
2주 만에 온다. 내 직장경력 20년, 비 없이 그저 순탄하게만 왔다.
이제 비를 맞겠지. 맞아야 하겠지. 그래도 지난 2주 동안 순례길
걸으며 단련된 것처럼 지난 20년 동안의 세월 동안 분명 강해졌을
거야. 아, 이때는 리 오스카Lee Oscar의 〈Before the Rain〉이 딱이지.
비가 내리는 소리에 맞춰 춤을 출 준비를 한다.

7시 50분 먼동이 튼다. 세상에, 저런 색감은 본 적이 없다. 나뿐만
아니라 순례자 모두 "Oh my God!"을 연발한다. 차마 아름다운

일출을 향하여는 못하고 등지고 쉬를 하는데 이리저리 흔들리는
오줌발로 봐서는 오늘은 바람이 분명 세다.

8시 20분에 아메리카노 한잔을 하며 첫 휴식을 갖는다. 그리고
브런치 타임을 갖는다. 먹는 게 아니고 글 쓰는 브런치다.
어제 묵은 온타나스는 심한 분지 지형이라 모바일이 잘 터지지
않았다. 그래서 그 동네를 벗어나 첫 휴식을 가질 때 브런치에
순례기를 올릴 수 밖에 없었다.
다시 걷는다. 멀리 높은 언덕이 보인다. 9시 50분에 해발 900미터인
알토 모스텔라레스에 도착했다. 거기서 내려오면서 보는데
땅 색깔이 어떻게 이렇게도 예쁠 수가. 황토색 벌판 사이로
맨들맨들하게 드러난 길, 끊임없이 펼쳐진 구부정한 길에서 또
감동을 먹는다.
감동도 잠깐, 길이 길어도 너무 길다. 발바닥 통증에 물집까지
있어 아린다. 그래도 견디고 걷는다. 한참을 더 가서 11시 30분에
바에 도착했다. 7, 8킬로마다 나타나는 바는 거의 오아시스
수준이다. 21.65킬로를 와서야 점심을 먹는다. 하몽과 계란

프라이를 수분하니 바로 넓적다리를 가져와 시원하게 하몽을
썰어준다. 이렇게 먹는 하몽은 마르지 않고 촉촉한 게 맛이 다르다.
오렌지주스를 마시며 코스를 점검하는데 아직도 8.1킬로 남았다.
오 마이 갓.

점심 먹으며 쉴 때 등산화에 양말까지 벗고 발을 식혀 둔 게 효과가
있는 듯하다. 물론 다시 등산화를 신으면 발이 익숙해지는데 10분
정도는 소요되지만 그 시간만 지나면 이내 적응된다. 발도 환기가
필요하다.

길게 걸으면서 많은 생각을 한다. 2015년 말 코그니티브 설립을
구상할 때가 기억나시는가? B가 합류하지 않는다고 해서
잠시 고비가 왔고, 그것을 넘겨 2016년 1월 말 B의 합류 없이
회사를 시작하게 되었다. 근데 두 달 전 결국 B가 원래 다니던
네오플럭스를 나와 유니온투자파트너스를 찍고 들어왔다.
그리고 이달 말 내가 나간다. 더 잘하는 친구들이 하는 게 맞다.
난 내 길을 가면 될 뿐.

발바닥, 특히 뒤꿈치가 넘 아프다. 매번 이리 힘드니 8킬로 어떻게
간다냐. 내일 코스도 길던데. 비오기 전에 도착하려면 부지런히
가야 할 텐데. 갈 길이 멀어 오랜만에 음악을 튼다. 첫 곡으로
마이클 잭슨^{Michael Jackson}의 〈Will you be there〉가 나온다. 거기
누구 없소? 힘드오. 앞으로 나가기 힘들 정도로 바람이 세다. 비도
살짝 섞여 흩날리는데 아직 우비를 입을 수준은 아니다.

매일 저녁땐 다음 날을 위해 술 좀 적게 마셔야지 하는데 막상
도착하면 술을 안 마실 수가 없다. 그만큼 고되단 얘기다. 여기 와서
하체는 건강해졌는지 몰라도 간은 더 손상된 듯하다.

바람. 바람. 바람. 넘 세다. 세다. 언덕 너머를 보니 구름이 짙다.
분명 저 너머엔 비가 올 거다. 그래서 도중에 멈추고 배낭 커버를
씌우고 우비를 입었다. 그러고 있는데 옆을 지나가는 미국
여자애가 "What the hell!"하면서 비웃고 지나가는 게 아닌가. 아직
비도 안 오는데 우비 걸친다고. 그래 "왓 더 헬"이다. 걔는 나를
앞서 저만치 가고 있다. 언덕에 다다라서 내려가는데 비가 오기
시작한다. 거기 보니 그 미국애가 우비를 주섬주섬 꺼내 입고 있는
게 아닌가. 그래서 내가 지나가면서 한마디 했다. "왓 더 헬!"
그렇게 흩날리는 빗속을 뚫고 8킬로를 달려 2시 정각에 오늘
목적지 보아디아 델 까미노에 도착했다. 43,786걸음으로
30.99킬로를 왔다.
도착해서 콜라를 한잔 하고 내 침대로 오는데 멕시코인 웹
프로그래머 이데가드가 노트북으로 로비에서 일하고 있는 게
아닌가. 그래서 "너 워킹하면서 워킹하는구나You are working while
walking"라 했더니 웃는다. 내 유머 코드는 이제 글로벌이다.
내일부턴 새벽 기온도 4도로 떨어지면서 비도 본격적으로 온다.
힘든 하루가 뇌셌지만 순례자는 내일도 걸을 거다.

17 폭풍을 헤쳐나가다

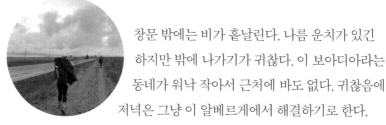

창문 밖에는 비가 흩날린다. 나름 운치가 있긴 하지만 밖에 나가기가 귀찮다. 이 보아디아라는 동네가 워낙 작아서 근처에 바도 없다. 귀찮음에 저녁은 그냥 이 알베르게에서 해결하기로 한다. 손빨래를 마치고 빨래를 처마 밑 야외 건조대에 널었는데 비바람 때문에 이내 건조대를 들고 실내로 옮겼다. 잘 마를까 걱정이다. 빨래를 마쳐도 아직 오후 4시다. 맥주를 마시며 리디북스 페이퍼를 꺼내 『솔리튜드』를 읽는다. 고독에 대한 연구 부분이 나온다. 고독을 객관적 연구로 분석할 것인가 아님 홀로 외딴곳으로 가서 주관적으로 경험한 것을 기록하며 연구할 것인가 그 사이에서 고민하다 저자는 후자를 택했다고 한다. 난 걸으며 고독을 느낀다. 온전히 걷는 시간만큼은 나와 나의 인내와 나의 내면과 대면하는 시간이다. 과거의 모든 화와 분노를 걸으며 순례길 바람에 먼지처럼 날려 버린다. 내가 죄가 많아 이 고통을 받으며 걷고, 이 고통을 통해 과거의 아픔을 털어내고자 한다. 아직 모르겠다. 현재까진 많이 내려놨고 많이 털어냈다. 이틀 전 고원에서 간구한 평화가 서서히 오는 듯하다. Weather the Storm. 이는 '폭풍우를 이겨내다, 고난을

극복하다'라는 뜻이다. 처음엔 'weather'는 날씨고, 'storm'은 태풍(폭풍우)인데 어떻게 이런 뜻이 나왔는지 이해가 잘 안 되었다. 그래서 무조건 이건 숙어다, 외워야 한다 하고 공부했던 기억만 난다. 오늘 글 쓰며 구글로 'weather'의 어원을 찾아보니 'wind'에서 나온 것을 알 수 있었다.

많은 날씨 변수 중 왜 바람이 날씨라는 보통 명사가 되었을까? 그리고 태풍을 이겨내는 도구는 다른 것들이 아니라 바람밖에 없었을까? 폭풍우도 바람인데 결국 바람으로 바람을 밀어낼 수밖에 없다는 뜻일까? 아님 폭풍우가 오면 날씨에 의존해 기다려 폭풍우가 다른 바람에 밀려나길 기다리란 뜻일까? 하튼 많은 생각이 드는 문구다.

어떻게 보면 고행을 하며 고통을 잊고, 금식하며 신에게 더 가까이 가고, 삼보일배를 하며 욕심을 내려놓고 하는 행위가 다 'weather the storm'과 비슷하다는 생각이 든다. 순례길 걸으며 고통받으며 고통을 잊는 것과 마찬가지로.

근데 순례길은 너무 아름다워 자주 고통 생각이 안 들게 한다. 이것도 문제다. 비와 뜨거운 태양이 더 괴롭혀줘야 하는데. 가끔 폭풍우도 몰아쳐야 되는데. 그래야 다른 바람이 와서 이 폭풍우를 밀어낼 때까지 기다릴 텐데. 그것도 아님 앞으로 올 바람이 이 태풍을 몰아내길 기대라도 할 텐데.

바람이 바람을 밀어내듯 사업도 마찬가지 같다. 첫 아이템으로 잘 안되면 다음 아이템으로 성공시키면 된다. 그것도 안되면 그 다음 아이템으로. 스푼라디오로 알려진 마이쿤도 처음엔 스마트폰 배터리 교체 서비스로 시작했다가 쫄딱 망하고 그 다음 아이템인

보이스 기반 방송 서비스로 딛고 일어섰고, 부동산 서비스로 유명한 직방도 처음부터 부동산을 한 것이 아니라 쿠팡 같은 소셜 커머스부터 시작했다. 이런 사례는 실리콘밸리에서 성공가도를 달리고 있는 김동신 대표의 센드버드도 마찬가지다. 서비스는 다른 서비스로 그 실패 아픔을 지우면 된다. 그것도 안되면 그 다음 서비스로.

맥주가 없어질 때쯤 늦게 도착한 한국 친구들이 샤워를 막 마치고 내려왔다. 몇 마디 얘기 나누다 함께 숙소 식당에서 저녁을 먹기로 했다. 메인 요리는 소고기와 콩을 넣은 수프, 그리고 소고기 스튜였는데 비가 흩날리는 궂은 날씨여서 그런지 뜨거운 국물이 한기도 가셔주고 맛도 훌륭했다. 서로를 소개하는데, 저녁 멤버 중에 '이경로'라는 친구가 있었다. 이름이 '경로'라 함께 순례길 다니면 길을 잃어버리지 않겠다는 농담이 서로 오간다. 넘치는 와인과 더불어 웃고 떠드는 좋은 시간이었다.

잠시 잠에서 깨어 목이 말라 숙소 문 앞에 있는 자판기를 찾았다. 물 나오는 자판기는 꺼져 있는지 작동이 되지 않는다. 그래서 어쩔 수 없이 그 옆 자판기에서 콜라를 뽑았다. 새벽부터 콜라와 프로틴 바라니, 정말 안 어울린다. 이건 아니다. 근육 만들러 온 순례길도 아닌데.

오전 7시에 함께 출발하기로 한 친구들이 안 나온다. 먼저 출발하려다 10분 정도 더 기다려 7시 10분에 함께 출발했다. 오늘 무리 중에 '경로'도 있으니 길

잃어버릴 염려 없다.

비가 오니 핑크색 먼동 없이 날이 밝아온다. 중세시대 수로를 지나 한 마을에 입성한다. 8시 40분에 첫 바에서 휴식을 취하며 하몽 샌드위치와 커피로 아침을 먹는다. 이제 7.68킬로 왔다.

비가 흩날리다 조금 심해졌다 다시 그치기를 반복한다. 계속 차가 쌩쌩 달리는 도로변 길로 걷는다. 바람도 심하게 분다. 12시 무렵이 되자 허기로 걸을 수 없을 정도가 되었다. 오늘 목적지 까리온은 5킬로 넘게 더 가야 한다. 까리온까지 한 번에 가기 까리하다고 했더니 애들이 웃는다.

점심은 바에서 먹었다. 비가 오니 추워서 뜨거운 수프와 닭고기 스튜를 시켰다. 넘치는 와인은 항상 과분하다. 알코올과 단백질로 체력을 보충하고 다시 걷는다. 옆에서 차는 매연을 뿜으며 쌩쌩 달린다.

비는 이제 그쳤다. 멀리 마을이 보인다. 앞사람을 계속 따라간다. 그리고 까리온에 있는 알베르게에 무사히 도착한다.

도착 시간은 오후 2시 10분, 39,091걸음으로 28.63킬로 왔다.

18 다른 방으로

'클라우디'라는 딸과 함께 순례길을 걷고 있는 스페인 아빠가 있다.
딸도 너무나 귀엽다. 내 첫째 딸과 동갑인 딱 열 살인데 무거운
배낭을 메고 씩씩하게 다니는 모습 보니 부럽다. 우리 딸은 개난리
칠 텐데. 아빠가 딸을 아침에 뽀뽀해서 깨우고 딸이 걷는 모습을
동영상으로 찍기도 하고 와이프랑 자주 영상통화도 하고 참
다정다감하다.

어제 도착 후 바로 샤워와 손빨래를 하고 바를 찾아 맥주 두 잔을

했다. 맥주를 마시는 건 이제는 일상이다. 스페인식 소 내장 스튜와
양송이 타파스를 함께 시켰는데 상당히 맛있었다. 그리고 슈퍼에서
빵, 사과, 하몽, 치즈 등 앞으로 며칠간의 아침거리를 장만했다.
여기 알베르게는 2층 침대가 없다. 전부 1층 침대다. 순례길 이후
1층 침대만 있는 알베르게는 처음이다. 침대 간 널찍이 떨어져
있어 안정과 평화가 느껴진다. 이전 알베르게에서처럼 다들 1층
침대를 먼저 차지하려고 치열한 신경전을 벌일 필요가 없어
다른 순례자들도 여유로워 보인다. 따로 꾸며진 거룩한 분위기의
기도실도 좋다. 홀로 그곳을 찾아 순례 일정 동안 지켜주심에
감사를, 앞으로 갈 길에도 축복을 기도했다.
저녁은 만찬이었다. 한국 친구들이 푸짐하게 차렸다. 참치마요
덮밥과 샐러드, 거기에 삼겹살과 목살도 구웠다. 여기에 와인 세
병이 함께 한다.

오늘은 어제 먹다 남은 참치마요 덮밥에 남은 삼겹살을 투하해
볶음밥으로 만들어 아침을 해결했다. 난 전날 아침이 부실해서
힘든 기억이나 미리 빵에 하몽과 치즈를 얹어 샌드위치를 해
먹었다. 옆 테이블의 프랑스 할머니가 수프와 스파게티도 나눠
주셨다. 디저트로 코코아까지, 너무 풍성한 아침이다. 이렇게
아침을 먹은 데에는 다 이유가 있다. 17킬로 지점까지 중간에
식사할 곳이 전혀 없기 때문이다. 나만 이렇게 먹은 것이 아니라
다른 순례자들도 다 풍성히 먹고 출발한다. 덕분에 출발시각도 7시
30분으로 평소보다 늦어진다.
끊임없이 이어진 직진 코스와 뒤에 떠오르는 태양이 만들어낸

맑은 하늘은 아름답다. 먼동 터오기 전에는 은은한 파랑이 들고 곧
붉음이 그 파랑을 밀어낸다. 밭갈이가 끝난 벌판, 저런 자갈밭인데
뭐가 자라나? 그래서 스페인에서 자라^{Zara}가 나왔나?
지나가다 보니 아직 추수 안 한 옥수수밭이 나온다. 9시 55분 첫
휴식을 취했다. 10.21킬로. 트럭에서 아주 간단한 것들만 파는 간이
바가 보인다. 여기서 커피 한잔만 시켜 에너지를 충전한다.
트럭 주위에는 노상방뇨금지 팻말이 많이 붙어있다. 다들 비슷하게
생각하나 보다.

오늘은 구름이 특히 아름답다. 이 아름다움을 어찌 표현해야
할까? 첫 식당도 곧 나타나는데 마지막 격려의 차원에서 우리
순례길 공식 가수 '경로'의 노래를 들어보기로 했다. 〈지금 이
순간〉을 부르겠다고 하며 이 친구가 주섬 주섬 뭔가 준비한다. 바로
스마트폰으로 〈지금 이 순간〉의 반주를 튼다. 짜슥, 준비된 놈이다.
그리고 걸으며 펼쳐진 〈지금 이 순간〉 감상 시간이 펼쳐진다.
지금 이 순간은 진실로 아름다운 자연과 선율이 어우러진 행복한
시간이다. 12시 정각 마을 식당에 도착. 여기까지 18.98킬로 왔다.
오래 기다렸던 만큼 거의 모든 순례자들이 식사를 하며 쉬고 있다.
여기서 5유로 하는 수제 햄버거를 맥주와 함께 먹었다. 배 터진다.
그리고 또 지루하게 이어진 길. 그래도 약간의 오르막은 기분을
좋게 한다. 뻥 뚫린 갓 포장된 도로, 거기서 네 명이 도로 한
복판에 나란히 걷는 시늉을 하며 비틀즈를 흉내 내보기로 한다.
어린 친구들이 좋아한다. 그리고 계속 걸어 3시 15분에 오늘 최종
목적지 테라디요스에 도착했다. 29.17킬로 41,436걸음.

도착 후 맥주 한잔 하며 내가 만든 창업교육 프로그램인
'쫄지마창업스쿨' 관련 일 좀 처리했다. 그리고 샤워하러 들어갔다.
입구 바로 있는 첫 번째 칸에 들어갔는데 뜨거운 물도 잘 나오고
좋다. 그런데 비누칠을 다 했는데 물이 뚝하고 안 나온다. 이거 참
난감하네. 좀 기다리면 나오겠지 하며 머리에 샴푸질까지 했다.
하지만 아무리 기다려도 안 나온다. 난감하다. 비누칠, 샴푸질만
하고 샤워룸에 갇히다니. 어떻게 한담. "Is anybody here?
Help me" 부르고 난리 쳤다. 남녀공용 화장실 겸용 샤워실이ㄱ
분명 이 공간에 사람이 있는데 아무도 대꾸를 안 한다. 우리의
친구 경로도 부르고 해도 답이 없다가 10분 후 한 사람이 다른
샤워룸엔 물 나오니 옮겨보라 한다. 근데 만약 여자분이 있으면
어찌 옮긴담? "Any woman here?" 해도 답이 없다. 맨손으로

그곳만 가리고 옮겨? 아님 비누 그대로 있는 채로 팬티라도 입고
옮겨? 잠시 고민하다 비누 범벅 몸에 팬티만 겨우 입고 조심히
문을 열고 옆 칸으로 옮겼다. 안에 여성이 한분 있다. 입길 잘했다.
그래도 민망함에 후다닥 몸을 옮긴다. 다행히 옆칸은 물이 나온다.
샤워하는데 시간 꽤 걸렸다. 쩝!
뭔가 꽉 막혔을 때는 가끔 옆방으로 옮겨도 문제가 해결되기도
한다. 직장도 마찬가지다. 바로 옆으로만 옮겨도 막혔던 물꼬가
터지기도 한다. 난 지금 옆방으로 옮기는 준비를 하기 위해 여기를
걷고 있다. 어쩌면 이 순례길이 비누칠 한 채로 팬티를 입고 옆
방으로 옮기는 과정일 수 있다. 그 옆방에 가면 이 비누거품을
씻어낼 수도 있겠지. 오늘도 이렇게 간다.

19 순례자 아님 술례자?

어제 저녁은 숙소에 있는 바에서 해결했다. 10유로 하는 순례자
메뉴는 비교적 훌륭했다. 순례자 메뉴의 가장 큰 장점은 항상
와인을 준다는 점이다. 와인 인심도 후해 더 달라고 하면 대부분 더
주시는 편이다. 매일 술이니 이거 뭐, 순례자인지 술례자인지 모를
정도다.

어제는 우리가 흥겨워 보였는지 옆 테이블에 앉은 프랑스
할머니들이 자신들의 와인까지 주셔서 와인은 넘치고 넘쳤다.
생일 맞은 바르셀로나 할아버지가 와인 한 병을 더 쏘셨다. 그래서
한국어로 생일 축하 노래 불러드리니 동영상으로도 찍고 난리다.
한데 어우러져 노래 부른다. 순례자는 남녀노소 불문 모두 친구다.
산티아고까지 가지 못하고 급한 일 있어 도중에 돌아가는 한
친구가 있었다. 생장부터 함께 걸었던 단짝 친구가 아쉬움에 눈물
흘린다. 본인은 얼마나 더 아쉬울까? 그 친구는 펑펑 운다. 그
마음 안다. 마치지 못하고 좋은 사람들과 헤어진다는 그 아쉬움.
자신의 육체 때문에 중도 포기하는 게 아니라 다른 이유 때문에
그만둔다는 그걸 알기에 모두가 슬퍼한다.
순례자들은 모두 착하다. 악한 사람이 10킬로
배낭을 메고 매일 25킬로씩 걸을 리 없다.

순례자들은 대부분 다른 순례자들에게도 친절하게 내해준나.
스페인 사람들도 순례자에겐 관대한 편이다. 비포장 도로를 걸을
때 지나가는 차를 보면 먼지 많이 날까 봐 순례자들 옆을 지나갈 땐
속도를 많이 줄여준다.

숙취 때문에 늦은 7시에 기상했다. 숙소 바에서 에스프레소 한잔 후
8시 14분에서야 출발한다. 역대 최고 늦게 출발한 거다. 걷다 보니
개구리 소리가 들린다. 앗! 아니다. 사이렌 소리다. 아직 술이 덜
깼다. 오늘은 천천히 걷기로 한다. 가끔은 이렇게 걷는 것도 좋다.
흐린 하늘의 회색빛과 벌판 위 황톳빛 두 색깔이 잘 어울린다.
회색이 이렇게 아름다웠었나?
이런 감상도 있지만, 시시콜콜한 이야기들도 있다. 용현이라는
친구도 있는데, 그 친구 배낭이 열려있어 알려줬다. 그래도 혹시
모르니 귀중품을 확인해보라고 했는데, 맙소사 여권이 없는 사실
발견했다. 이전 마을로 용현이 다시 갔지만 그곳에도 없단다.
그런데 알고 보니 우리 일행 중에서 여권을 챙겨 놓은 거다. 어제
술 마시고 마지막에 나온 한 친구가 탁자 위 남은 물건 다 챙겨
자신의 배낭에 넣어둔 거다. 천만다행이다. 이 친구는 이번에 여권
잃어버리면 두 번째다. 이게 다 어제 술자리의 영향이다. 다시
우리가 순례자인지 술례자인지 모르겠다며 서로 농담을 던진다.
10시에 주스 한잔을 하며 휴식을 취한다. 6.73킬로 왔다. 이후에는
살짝 오르막과 내리막이 이어지며 도시 사아군이 멀리 보인다.
순례길은 아니지만 추수 끝난 넓은 밀밭을 가로질러 걸었다.
흡사 비틀즈, 혹은 조폭같다.

12시 정각 사아군 내 바에 도착했다. 14.43킬로를 걸었다. 여기서
볼로네즈 스파게티를 먹었다. 양이 살짝 적은 게 흠이지만 엄청난
맛이 느껴졌다. 여기서 우리는 사정상 한국으로 돌아가는 영신이를
보냈다. 눈물은 글썽거렸지만 다들 울진 않았다. 정이 뭔지. 함께
고생하며 피레네 산맥을 넘고 2주 가까이 힘든 길을 걸어온 친구를
보내는 거라 그런지 애잔하다. 그렇지만 만남이 있음 헤어짐도
있는 법이고, 아쉬움이 있어야 다시 순례길도 오게 되니 마냥
슬퍼할 필요는 없다. 남은 자들은 또 걸어야 한다. 에고 발바닥
아파.

식사 후 슈퍼에서 삼계탕 재료를 샀다. 넓은 파스타 면도 사서 남은
국물에 닭칼국수도 해 먹을 거다. 오늘 저녁도 풍성할 것이다.

2시 22분에 갈림길에서 잠시 쉬었다. 갈림길에서 헷갈리지 않게
친절하게 한국어로 설명해 놓은 게 있다. 순례자들은 다 친절한

거 같다. 주변을 살펴보니 메세타 고원이 보인다. 이베리아 반도 중앙에 있는 대고원이다. 산이 안 보이고 끊임없이 광야가 펼쳐진다. 그늘도 거의 없고 길도 대부분 직선이다. 흐릴 땐 그리 힘들지 않지만 해가 뜨면 그 열기에 걷기가 힘들다. 눈도 시릴 정도로 햇살은 강렬하다.

그래도 걷는다. 매번 마을이 보이면 거의 도착했다는 안도감에 힘이 빠진다. 그런데 마을이 보이고 나서도 최소 30분, 거리로는 2킬로 이상 걸어가야 한다. 이때가 제일 힘든 거 같다. 당일 코스가 길던 짧던 별 차이는 없다.

3시 55분에 오늘 목적지 베르시아노스에 도착했다. 36,672걸음으로 25.74킬로를 왔다. 그런데 기부제 숙소가 저녁 취사가 안된다고 해서 잠시 고민했다.

오늘은 기필코 삼계탕을 해 먹어야 된다는 일행들의 핏발 서린 의지가 보였다. 이거 먹으려고 사아군에서 8킬로 가까이 닭 세 마리, 쌀, 대파, 양파, 파스타 면을 메고 왔다. 근처에서 취사가 되는 곳은 유일하게 산타 클라라 알베르게뿐이다. 근데 이곳엔 낮은 가격대 방은 없고 45유로 하는 2인 1실 방만 있다. 그래서 내가 바로 잔머리를 굴렸다. 나와 다른 1명만 비싼 숙소로 옮기고 그 주방을 함께 쓰기로 결정했다. 결국 4시 27분에 1킬로를 더 와서 오늘 26.7킬로 걷고 도착했다.

20 왜 걷는가?

다시 옮겨 도착한 숙소는 매우 훌륭했다. 비록 앞서간 동료 땜에
길을 빙 둘러 1킬로를 쪼리 끌며 와서 막판에 좀 짜증이 올라왔다.
그렇지만 우리 같은 순례자들에겐 단독 방에 2인 싱글 침대는 가히
호텔이라 할 수 있다. 가격이 인당 22.5유로로, 원화는 3만 원 정도라
평소의 4배 이상이어서 비싼 게 흠이지만 말이다. 수건도 2장씩
주고 침대 이불도 훌륭하다.

샤워를 하고 애들 4명을 불러 주방을 쓰는데 주인 아주머니가
여기서 안자는 애들이 와서 요리한다고 난리 치신다. 다 미리 얘기
안 한 내 잘못이다. 결국은 착한 주인 아주머니께서 삼계탕을 해
먹고 싶어 하는 처량한 눈빛의 배고픈 한국인 순례자들에게 주방
사용을 허락하셨다. 할렐루야!

그런데 냄비가 작아 닭 세 마리를 두 냄비로 나눠 했는데도 물이
넘치는 등 총체적 난국에 빠졌다. 결국 주인 아줌마가 큰 냄비를
주셨다. 순례자들에겐 모두가 사랑을 베푼다. 그래서 식사가
끝나고 내가 몰래 기부 좀 했다.

사수하고자 했던 삼계탕은 매우 훌륭했다. 국물에선 깊은
닭백숙 맛이 올라왔고 닭도 튼실한 게 맛있었다. 젊은 친구들이
다들 인스타를 안 하는지 인증샷을 찍는 사람이 없다. 선인증샷

후식사와는 상관없는 친구들인 듯싶었다. 배가 많이 고파서 그런 건가? 물론 나도 사진 찍을 새도 없이 닭다리를 들고 뜯고 있다. 쌀도 푹 익어 딱 백숙 맛이었다. 참으로 용현이 이놈은 대단하다. 없는 양념으로 이렇게 깊은 맛을 내다니. 이러니 아무리 걸어도 살이 안 빠지지. 게걸스럽게 닭을 쳐들고 뜯어먹었다. 그리고 그 국물에 닭죽을 끓여 또 먹었다. 정말 배 터지도록. 이렇게 먹으니 비로소 전날 술이 해장된다.

8시 30분쯤 내방으로 가서 누웠다. 그리고 바로 잠들었다. 새벽 12시에 순례기 쓰려고 깼는데 도저히 피곤해서 안되어 이내 접었다. 다시 눈뜨니 6시다. 이때부터 40분은 내리 쓴 거 같다. 그리고 7시 15분에 출발했다.

비가 새벽부터 살짝 흩날린다. 판초우의를 입을 정도는 아니고 해서 배낭 커버만 간단히 씌워 비 맞으며 걷는다. 비바람이 좀 치다가 곧 괜찮아진다.

8킬로를 걷고 8시 55분에 엘부르고에 있는 바에 도착했다. 신라면을 3.5유로에 팔길래 먹었다. 유럽서 3.5유로(4,700원)짜리 신라면을 보고도 먹지 않는다면 실례다. 라면을 먹으며 전날 순례기를 완성했다. 덕분에 일행보다 30분 늦게 출발하는데, 언제 따라 잡으려나?

걸으며 든 생각이 여긴 유독 엘 '부르'고$^{El\ Burgo}$, '부르'고스^{Burgos} 등의 지명이 많다. 덕분에 배도 부르고 좋다.

앞에 가는 외국인 두 친구의 걸음은 진짜 빠르다. 내가 거의 뛰듯이 걷는데 거리가 거의 좁혀지지 않는다. 보폭이 달라서 그런가? 쩝!

계속 달린다. 결국 그 친구들도 제치고 그 앞신 친구들마저 거의
제쳤다. 완전 탄력 붙었다. 거의 달리는 거랑 다름없다. 그렇게
달려 다행히 앞에서 쉬고 있는 일행을 발견했다. 11시 30분에
일행을 만났다. 오늘 17.62킬로를 온 거다. 엘부르고에서 여기까지
10킬로를 1시간 40분 안에 끊었다. 오 신이시여.
지쳐서 좀 앉아 쉬려고 하는데 자기들은 많이 쉬었다고 바로
출발한다네. 우쒸! 나도 어쩔 수 없이 쉬지 못하고 따라갈 수밖에.
12시 20분에야 제대로 된 휴식을 취한다. 21.5킬로 왔다.
오렌지주스 한잔을 우선 들이키고 여기서 스페인, 멕시코
친구들이랑 맥주도 마시며 작별인사와 마지막 사진 촬영을 했다.
끊임없이 펼쳐진 길과 끊임없이 부는 바람이 이어진다. 콧물도
나온다. 멀리 마을이 보이지만 가도 가도 가까워지지 않는다. 이런
마을은 처음이다. 보통은 시야에 나타나면 2킬로 정도 남았다는
것인데 여긴 3킬로도 넘게 남은 듯 하다. 그래도 멈추지 않고
걸었더니 2시 정각에 오늘의 목적지인 만시아의 알베르게에
도착했다. 38,718걸음으로 28.34킬로를 왔다.
알베르게는 훌륭했다. 스페인 아빠 클라우디가 자신이 오늘 여기
묶는다고 우리를 위해 어제 대신 예약을 해준 곳이다. 5유로에
깨끗하고 아침까지 준다니. 또 한 번 지저스.

오늘도 어김없이 선 맥주 후 샤워다. 알리오 올리오 스타일
스파게티와 함께 맥주를 들이킨다. 샤워 후 비누, 스포츠
습식 타월, 면도기 등을 다 버렸다. 까미노 내내 함께한
놈들인데. 면도도 콧수염과 턱수염만 빼고 깔끔하게 했다.
면도하니 살이 좀 더 빠져 보이긴 하다.

여기에 체중계가 있어 한번 재어본다. 생장 출발 이후 만시아까지 거짐 400킬로 넘게 걸었는데 과연 체중이 얼마나 빠졌을까? 맙소사 그렇게 먹었는데도 4킬로나 빠졌다. 100킬로미터 당 1킬로씩 빠진 거다. 매일 밤 술과 음식을 조금 줄였으면 훨씬 더 많이 빠졌을 것이다.

이번 순례길의 친구들은 이제야 소개한다. 미노와 토리. 미노는 첫날부터 함께 다닌 내 지팡이고 토리는 순례길 도중 주운 도토리다. 미노 이름은 까미노에서 따왔고, 토리는 그냥 도토리에서 뒷부분을 가져다 쓴 거다. 좌 토리, 우 미노로 18일을 걸어왔는데 글에서는 이제야 소개해 이 두 친구에게 많이 미안하다. 모처럼 오후에 혼자만의 시간이 생겨 'MINO'를 대나무 지팡이 손잡이 부분에 새겼다. 칼로 손삽이 부분을 평평하게 깎은 다음 거기에 한 글자씩 파내려 갔다.

순례자는 먹어야 걷는다. 오늘의 먹을거리인 '돼지 두루치기' 식재료를 사기 위해 스페인의 대표 할인마트 디아ᴰᴵᴬ를 가기로 했다. 근처에 다 온 것 같은데 간판이 작은지 잘 보이지 않는다. 디아가 오디야?

사온 식재료들을 들고 도착하자마자 주방으로 향한다. 주방에서
마늘 까면서 옆에 앉은 프랑스 할머니와 얘기를 나눈다.
프랑스에서 63일을 걸어 1,200킬로를 온 할머니께, 왜 걷냐고
물으니 '감사하기 위해서To thank'라 답했다. 자신은 좋은 남편과 네
자녀와 가족을 이룬 것이 너무 큰 행운이라 감사하려고 걷는단다.
아, 이것도 감동이다. 나에게도 묻길래 '나 자신을 좀 발견하기To find
myself'위해 걷는다고 했다.
갑자기 각자의 차례가 돌기 시작했다. 아영이는 '울기 위해To cry'
걷는다고. 근데 그 울음은 긍정적인 울음이라고 추가로 답한다.
경로는 '버리기To throw away' 위해서 걷는단다. 버리고 싶은 것은
자신의 욕심과 탐욕이란다. 서로 다른 우리가, 각자 다른 이유로
걷지만 우린 같은 길에서 만났다.
인생도 이와 비슷하다. 우리는 모두 인생이라는 길을 걷고 있다.
여러분에게도 스스로에게 한 번쯤은 '왜 걷는가?'라고 질문할
수 있는 기회가 있었으면 좋겠다. 스페인의 밤은 저물고 술은
더해간다.

21 이젠 돌아가다

저녁은 제육볶음이었다. 처음엔 밥으로 제육볶음 덮밥을, 나중에는
파스타 면을 삶아 제육 스파게티로 먹었다. 다 맛있었다. 특히 제육
스파게티는 별미였다.

숙소 야외 탁자에서 어울려 와인을 마시고 있는데 이탈리아
할아버지가 은색 잔을 들고 와인 좀 달라고 하신다. 와인 병엔
술이 없어 내 잔에 남은 와인을 따라 드리고 잔을 부딪치며
치어스Cheers를 외치는데 그 할아버지가 미사용으로 쓸거라 하신다.
순간 얼굴이 달아오르며 부끄러워졌다. 새 와인을 드릴걸 그랬다.
알베르게에 들어가니 가족 미사를 드리고 계신다. 나는 내 나름의
주님을 보러가야겠다. 바에서 10시까지 맥주를 두 잔만 마시고
알베르게로 복귀했다.

다음날, 알베르게에서 준비해 준 커피와 주스 그리고 가벼운
스낵으로 아침식사 후 7시 55분에 출발했다. 평소보다 많이
늦었다고? 비로 오늘이 니의 미지막 날이리 그렇디.

아침 기온은 2도로 춥다. 춥지만 너무 아름다운 먼동에서 넋을
잃었다. 어떻게 저런 색깔이 가능할까? 날이 추워지면서 먼동이 더
이뻐진 것 같다.

아름다움도 잠시, 생각보다 너무 춥다. 손끝도 아린다. 오히려

기온도 내려갔다. 확인해보니 1도 내려가 1도가 되었다. 서리도 하얗게 내리고 있다. 이렇게 추워도 되는 건가?

9시 20분, 저기 바가 보인다. 뜨거운 태양 아래 바를 발견했을 때보다 기뻤다. 사람은 더위보다 추위에 더 약한 건가? 첫 바까지 6.3킬로 걸었다. 바 안은 추위를 녹이려는 순례자들로 빼곡하다. 따뜻한 토르티야와 아메리카노를 시켜 에너지와 열기를 채운다. 몸을 녹이는데는 따뜻한 음식과 음료만한 게 없다.

9시 50분에 바에서 나오니 추위는 살짝 누그러진 듯하다. 그래서 2시간을 내리 걷는다. 걸으며 세무사 시험 최종 결과 기다리고 있는 경로와 서로의 인생 얘기를 하며 재밌게 걷는다.

마침내 12시쯤 드디어 레온에 진입했다. 이제 숙소까지는 3킬로 남아, 잠시 쉬며 뒤따라오는 일행들을 기다렸다. 여기까지가 내 여정이다. 다 도착했을 때 전날 칼로 이름도 각인한 내 지팡이

미노를 경로에게 토리는 아영이에게 줬다. 나는 다녀왔지만 아직 산티아고를 못 간 미노와 토리가 산티아고까지 잘 입성하기를 바라며 간단한 전달식을 가졌다. 이게 뭐라고 괜히 슬프다.

12시 34분에 레온 알베르게에 도착했다. 알베르게 이름이 '체크인 알베르게Check-In Albergue'다. 이름 하나 특이하다. 체크인 알베르게에 체크인하다니. 유머코드에서는 합격이다. 나를 제외한 일행들은 다 체크인하고 난 그 앞의 바로 직행했다. 24,933걸음으로 18.33킬로를 왔다.

도착했는데 알베르게 대신 바로 와서 기다리니 기분이 묘하다. 진짜 오늘 돌아가는 느낌이 든다. 홀로 앉아 있으니 여러 생각이 든다. 갑자기 떠오르는 시상이 있어 일필휘지 느낌으로 써 내려갔다. 어쩌면 이번 순례 일정을 정리하는 시라고도 할 수 있다.

나는 백수로소이다

이희우 지음

나는 백수로소이다
조선 땅에 태어나
남의 시선 의식 않고
자유롭게 떠나고
지 멋대로 살다
결국 빈 손으로 돌아온
난 백수로소이다

나는 백수로소이다

재미를 쫓아
그것만을 위해 살아온
그게 전부인 줄 아는
자유인인척 우기는
나는 백수로소이다

매일 술을 마시고
무거운 배낭을 메며
뙤약볕 아래 먼지 자욱 자갈길을
발가락 물집과 함께 걷기만 하는
나는 백수로소이다

돌아가도 돌아갈 데 없는
나는 순례하는 백수로소이다

일행들이 알베르게에서 샤워를 마치고 나왔다. 우린 '웍Wok'이라는
중국식 뷔페집으로 가기로 했다. 40분을 넘게 걸어서야 식당에
도착하니 다들 굶주린 늑대처럼 중국식 해물요리들을 해치우기
시작한다.
다시 걸어 레온 대성당이 있는 구시가지로 들어왔다. 간단히
사진도 찍고 구시가지를 즐기다 렌페 기차역으로 이동했다. 경로가
끝까지 경로를 책임져 줬다. 고마운 녀석이다. 다른 모든 친구들도
역에서 나를 배웅해준다. 너무 고맙다. 한국 오면 크게 술 한잔
사야겠다.

5시 5분에 기차역에 들어와 기차를 타기 위해
기다린다. 오늘 레온 기차역까지 27.09킬로
36,975걸음. 5시 20분에 기차를 탄다.
고속으로 달리는 기차에서 바라본 메세타
고원은 광활하다. 끝없이 펼쳐진 지평선을 이렇게
보니 속이 다 시원하다. 이 거리를 다 걸어왔다니 나 스스로를
칭찬해주고 싶다. 기차 안에서 평화롭게 음악을 듣는데 김동규가
부른 〈시월의 어느 멋진 날에〉도 나온다. 광활한 고원, 끝없는 벌판,
아득한 지평선 참으로 아름답다. 지금 이 순간 태양빛도 따뜻하게
느껴진다. 오늘은 정말 시월의 어느 멋진 날이다.
고원을 고속 열차로 한 시간 정도 달리니 이제야 산이 나타난다.
저 멀리서 일몰이 보인다. 내 여정의 종료를 알려주는 듯 하다.
마드리드엔 7시 58분에 도착했다. 바로 관광객 모드로 전환해
택시를 타고 호텔로 이동했다. 8시 30분에 호텔에 도착했고 샤워
후 호텔 식당에서 술 한잔을 하며 이번 순례를 속으로 정리했다.
만감이 교차한다.
마드리드 호텔 와서 "체르베싸, 뿔뽀, 우노"라 하니깐 종업원들
다 놀란다. 맥주, 문어, 1개씩이다. 뿔뽀는 약간 불향이 있는 게
부드럽고 맛있다. 역시 스페인은 뿔뽀가 진리다.
이렇게 나의 두 번째 산티아고 순례가 끝났다. 오늘까지 일수로는
19일을 걸었고, 걸음수로는 738,786걸음을 왔으며, 코스상 거리는
447킬로, 실제 걸은 거리는 526.7킬로다. 가장 많이 걸은 날은
첫날로 생장부터 론세스바예스까지 구간으로 32.9킬로를, 가장
적게 걸은 날은 아홉 번째 날로 나헤라에서 산토 도밍고까지

22.33킬로를 걸었다.

하루 27.7킬로를 걸으며 맥주 네 잔과 와인 반 병을 마셨고, 평균적으로 7유로 하는 알베르게에서 잤다. 비용은 비교적 풍족하게 40유로를, 즉 하루에 6만 원 조금 안되게 쓴 셈이다.

400킬로 넘게 걷는 동안 체중 4킬로가 빠졌다.

전체 32일 일정으로 봤을 때 2년 전 걸었던 사리아에서 산티아고까지 구간을 포함하면 내가 마무리하지 못한 구간은 전체 800킬로 구간 중 레온에서 사리아까지 8일, 200킬로에 해당하는 구간이다. 만약 내가 산티아고 순례길을 다 걷게 된다면 총 세 번에 나눠 걷게 되는 셈이다. 8일 코스 정도면 주말 끼고 1주 휴가 내면 충분히 올 수 있는 일정이다. 그런데 조만간 다시 올진 모르겠다. 코스 도장깨기도 아니고 이걸 완성하는 게 무슨 의미가 있을까 하는 생각이 든다.

전체 순례길 구간을 다 걷지도 않았으면서 순례길을 다 안다고 할 수 없겠지. 그렇지만 지금은 이걸로 충분하다. 8일 코스를 다 채운다면 다시 여기 안 올 거 같다. 언제든 와야만 하고 가볍게 올 수도 있고 힘들 때 돌아갈 곳 하나 정도는 간직하면 좋지 않을까? 그걸 빨리 써버리고 싶지는 않다. 최소 10년은 아껴둘 예정이다.

스페인에서 마지막 밤은 이렇게 저물어간다.

두 번째 순례길 후기

순례길을 걷는 19일 동안은 매일 모든 면에서 치열하게 보냈다. 매일 27.7킬로씩 총 527킬로를 걸었고, 술도 맥주 네 잔과 와인 반 병, 순례기도 두 시간 이상 썼으며, 순례기를 완성 못했을 땐 자다가도 벌떡 일어나 쪼그리고 앉아 썼다. 작은 아이폰으로 쓰는 건 정말 힘들다. 미사 참가 및 기도도 매일 빠짐없이 참여했다. 그리고 웃는 것도 셀 수 없을 정도로 웃었으며, 매일 깊은 깨달음도 얻고, 깊은 생각하느라 잠도 적게 자는 등 내 생에 이렇게 열정적으로 산 적 있었나 할 정도로 스스로에게 치열하도록 강요했다.

그렇다고 여유를 잃은 것은 아니다. 홀로 순례길을 걸을 땐 여유와 낭만도 느꼈다. 멋진 바에서 커피를 마시며 사색에도 잠겼고, 시도 썼으며, 몬테크리스토 시가를 피며 멋도 부려봤다.

순례를 하며 많은 것을 버리고 또 비웠다. 몸이 가벼워진 것은 물론이고 정신은 그보다 더 가벼워졌다. 새로운 일을 위한 준비가 다 되었다. 이제 서서히 채워가야지.

이전 20년의 직장생활이 온전히 나를 위한 삶이었다면 앞으로 일할 20년은 남을 위한 삶을 살려 한다. 내가 아니라 남을 위해서. 그 시발점이 이번 산티아고 순례를 마치는 바로 오늘이다.

끝은 단순히 끝이 아니라 새로운 시작이다.

아디오스 산티아고.

00 세 번째 산티아고

2017년 10월 말 난 내가 만든 코그니티브 인베스트먼트 지분을
후배에게 넘기고 공식 백수가 되었다. 다행히 산티아고 순례길
이후 머리의 각질도 다 없어질 만큼 스트레스가 사라졌다.
강원도 삼척에서 아버지 전화가 오기 전까지는 말이다

"희우야, 건강보험 지역 가입자 가입하라고 우편이 왔는데 어떻게
해야 되냐?"

백수 신세는 좋았는데 이건 몰랐다. 아버지에겐 어떻게든 내가
해결할테니 지역 가입자 가입 말고 조금 더 기다려 주시라고
말씀은 드렸지만 마음은 막막했다.
유튜브 방송 '쫄투'를 함께 진행하는 애드포스 홍준 대표에게
전화해서 부탁했더니 바로 11월부터 건강보험을 해결해준다고
한다. 그리고, 봉급 100만 원과 신논현에 있는 공유 오피스
사무실도 내어준다고 한다. 고마운 친구다.
그에 보답하기 위해 2017년 12월부터 신논현 패스트파이브
6층으로 출근했다. 그 당시 난 사업기획 방법론 중 하나인 '디자인
씽킹Design Thinking'에 빠져있었다. 그래서 2평짜리 사무실 문에

'관찰자 모드^{Observe Mode}'라 붙여 넣고 관련 글을 쓰고 있었다.
글은 생각보다 진도가 나가지 않고, 심지어 겨울이라 비좁은
사무실은 히터마저 들어와 답답해서 정신이 하나도 없었다. 그래서
보통은 공유 오피스의 카페에 나와서 글을 쓰곤 했다. 이런 나에게
지나가던 후배가 한마디 한다.

"선배님, 블록체인 안하고 뭐하시는 거예요?"

또 지나가던 후배가 한마디 한다.

"형님, 여기서 블록체인이나 크립토 안하고 뭐하는 건가요? 요즘
이게 대세인데"

이 둘은 국내 최대 크립토 펀드 해시드의 김서준 대표와 국내
대표 크립토 회사 체인파트너스의 표철민 대표이다. 그들 덕분에
2018년 1월부터 블록체인에 기웃거리다가 2월 초 참여형 블로그
서비스 스팀잇^{Steemit} 백서를 접하면서 크립토 세상에 푹 빠지게
되었다.

블록체인에 빠진 이후 나는 잠을 잘 수가 없었다. 블록체인
기반으로 나온 크립토와 크립토가 바꿔갈 세상에 대한 흥분으로
말이다. 난 매일 매일 블록체인과 토큰프로젝트를 분석하는 글을
써서 올렸다. 그리고 블록체인을 기본부터 공부하기 시작했다.
2월 말부턴 함께 블록체인에 빠진 홍준 대표와 블록체인 유튜브
방송도 시작했다. 초보자를 위한 '쫄불(쫄지마 블록체인)'과,
블록체인 전문가 과정인 '불새(블록체인 세상)'를 매주 8편씩 찍어
올렸다.＊ 불과 블록체인에 빠진 지 1개월만에 말이다.

그리고, 2018년 3월 1일 삼일절을 맞아 블록체인과 토큰
이코노미가 열어갈 세상을 기대하며 나의 다짐을 담은 '토큰

＊　불새! 쫄불! 블록체인 전문방송 유튜브 채널
　　https://www.youtube.com/channel/UC70aaNLIi5Er-ZmKBPL2-Xw

이코노미 선언문'을 국내외에 발표했다. 왜 내가 발표했냐고?
아무도 안하니 내가 한 거다.

또한, 함께 토큰 이코노미를 6개월간 연구할 무보수 연구원을
모집했는데 무려 12명이 지원했다. 변호사, 의사, 대학원생,
대기업 부장 등. 이들과 공부를 시작할 무렵 글로벌 메신저 회사
'라인'에서도 연락이 왔다. 그리고 2018년 4월부터 난 라인의
블록체인 자회사 '언블락'의 대표를 맡게 되었고 그 연구원들을
직원으로 채용했다.

화려하게 부활한 느낌이다. 그런데 대기업에 들어온 내가 왜 또
산티아고를 찾았을까? 우선 라인에 들어와서 암호화폐를 만드는
작업이 결코 쉽지 않았다. 초기 팀을 구성하고 각국의 법과 규제를
파악하고, 여러 조직에 걸쳐 협업을 일궈내면서 암호화폐를
만들려고 하다 보니 많은 시행착오와 스트레스가 있었다.
그래서 들어온 지 6개월만에 관두자는 생각이 자주 들었다. 하지만
그때마다 도피처이자 안식처인 산티아고가 떠올랐고 중간에
몇 번씩 비행기 표 예매와 취소를 반복하기도 했다. 그리고 2019년
2월, 난 다시 산티아고로 향하기로 했다. 다행히 업무적으로는 모든
것이 안정된 상태였다. 이번에는 못 걸은 레온-사리아 구간을 걷고
싶었다. 라인에 와서 1년 동안 잠도 못자며 달려온 나를 위로해
주고 싶었다.

두 번째 산티아고 이후 백수로 살던 내가 어떻게 블록체인에
빠지고 라인의 자회사 대표가 되었는지 잘 모르겠다. 다만
난 쫄지않고 덤비며 새로운 것에 도전해왔다.

열정을 가지고 도전하면 기회는 다가온다. 그러니 과감하게
도전하자.

쫄지 말고.

01 없애기

벌써 세 번째다.

이번에 걸을 구간은 전체 순례길의 800킬로 중 못 걸은 레온에서 사리아까지의 200킬로가 되는 길이다. 인천에서 환승지인 터키 이스탄불까지 12시간 20분, 마드리드까지 4시간 35분, 또 마드리드에서 기차로 2시간 20분을 달려 오후 5시에 2년 전 두 번째 산티아고 순례길의 종착지였던 레온에 도착했다. 항로로 17시간, 육로로 2시간 거기에 대기시간 합하면 레온까지 오는데 22시간 걸린 셈이다. 왜 이런 생고생을 하면서 또 순례길을 찾았을까?

다시 하루 전으로 돌아가자. 2월 22일 금요일, 탑승 시간까지 얼마 남지 않았다. 회사 근무를 마치고 급하게 지하 주차장으로 내려갔다. 미리 준비해둔 가방을 차에서 꺼내 짐을 제대로 다 쌌는지 확인해야 했고 옷도 갈아입어야 했다. 그런데 지하로 내려가는

엘리베이터에서 차 키를 꺼내려는데 안 보이는 거다. 컥. 큰일났다. 불러 놓은 택시로 집으로 가서 가져와야 되나? 이번엔 못 가는 건가? 왜 없지? 온갖 불안한 생각만 떠오른다. 뒤적뒤적 하다 겨우 가방 한 구석에서 차 키를 찾았다. 하지만 벌써부터 멘탈이 나가기 시작했다. 후다닥 옷 입고 짐을 다시 정리해 챙겼다. 택시를 탔는데 아뿔싸, 이번에 순례기를 편히 쓰기위해 가져가는 아이패드를 빠뜨린 것이 아닌가! 이번에도 작은 아이폰과의 사투인 것인가? 쩝!

다행히 공항에는 비교적 일찍 도착했다. 스페인에서 쓸 현지 유심도 찾고, 여행자보험도 가입했다. 그리고 벌써 세 번째인지라, 라면과 참치캔도 사며 나름 여유를 부렸다. 그 대신 옷은 극도로 줄였다. 짐을 보내기 위해 무게를 재어 보니 8.6킬로 정도 나온다. 거기에 기내에 들고 탈 작은 크로스백도 재어 보니 1.6킬로다. 전체 무게는 10킬로 수준으로 예전보다 다이어트를 한 셈이다.

물론, 책도 잊지 않는다. 이번에는 어떤 책을 챙길까. 첫 번째 순례길에는 어느 괴짜 과학자의 화성 생존기를 다룬 『마션』을, 두 번째 순례길에는 파타고니아 격리된 곳에서의 고독을 적은 『솔리튜드』를 가져갔다. 이번에는 창조력과 창의력을 위해 '없애기'을 강조한 『딜리트』를 가져왔다. 그것도 전자책이 아니라 종이책으로 가져왔다. 400페이지가 넘는 제법 두꺼운 책이라 무게가 걱정이다. 이 책부터 빨리 내 가방에서 '딜리트' 시켜야 겠다는 생각이 든다. 기다려라. 곧 그렇게 될 테니.

12시간의 비행을 거쳐 비 내리는 새벽녘에 동서양이 교차하는 터키의 이스탄불에 도착했다. 이 교차지에서 아시아에서 유럽으로 환승을 해서 4시간 반을 더 날아 오전 11시 무렵 마드리드에 도착했다.

다시 온 마드리드는 고향 같았다. 외국이라는 느낌은 없었다. 이질감도 느껴지지 않는다. 점심으로 맥주에 하몽까지 곁들이니 오히려 오랜 외국 생활 후 고국으로 돌아와 김치찌개를 먹는 것과 흡사 다를 바 없었다. 적어도 나에겐 말이다. 이제 스페인 도착한 것을 온몸으로 느낄 수 있다.

오후 1시의 따뜻한 햇살이 온몸으로 스며들고 여기저기 아름답게 핀 꽃들이 눈에 들어온다. 그리고 순간 핑 돈다. 태양과 꽃이 겹쳐 보여 너무나 아름답다. 봄이다.

기차를 2시 30분에 타고 『딜리트』를 집어 들었다. 이제 2시간만 달리면 레온이다. 『딜리트』의 저자 김유열은 EBS PD로, 잡다하게 많은 프로그램으로 특색이 없고 정체되었던 EBS를 어린이와 교육 다큐멘터리 중심으로 바꾸어 600%의 시청률 상승을 이끈 장본인이다. 편성을 개혁할 때 그는 본인이 평소 가지고 있었던 노자의 사상을 그대로 실행한 것이고 그것이 바로 '딜리트'였다. 버려야 채워지고 줄여야 창의력이 생긴다. 노자가 숱하게 얘기한 것처럼, 배워서 고정관념으로 잡힌 것들을 버리고 아기의 상태로 돌아가야 본질에 더 가까이 갈 수 있다.

전적으로 동감한다. 김유열님이 기획한 인문학 강의를 통해 인문학의 폭을 넓힌 나로서는 특히 이 책이 감명 깊다. 르네상스 인문학의 거장 김상근 교수님의 강연과 노자사상의 거장 최진석 건명원 원장님의 동양철학 강연 모두 EBS에서 방송한 것들이다.

레온 - 사리아

나도 이 두 강연은 EBS가 아닌 유튜브에서 전편을 다 보고 깊은 깨달음을 얻은 바 있다.

그래서 이번 까미노의 주제는 '딜리트'로 잡았다. 첫날에만 벌써 반 넘게 읽었다. 아이러니하지만 이 책도 금방 딜리트 할 것 같다. 딜리트는 여러 분야에서 발견할 수 있다. 원근법을 없앤 피카소의 그림에서도, 날개와 종이주머니를 없앤 다이슨의 제품에서도, 미니멀리즘을 추구한 스티브 잡스의 애플 제품에서도 잘 나타난다. 사업을 추진할 때 만드는 최소한의 기능만 구현되는 제품이나 서비스인 최소기능제품, 즉 MVP**Minimum Viable Product**에서도 고스란히 나타난다.

내가 앞으로 경영을 하는데 있어서도 필수 원칙이 될 것 같다. 업무를 단순화해야 집중할 수 있고 그 몰입은 창조적인 성과를 더 만들어 낸다. 2년 만에 다시 돌아온 레온의 어느 알베르게에서 보내는 밤은 이런저런 생각과 함께 깊어간다. 본격적으로 걷는 것은 내일부터다.

02 또 다른 첫째 날

오늘은 실제로 걷는 첫날이다. 비록 이전에 순례길을 두 번이나
다녀왔고 그것도 600킬로가 넘는 거리를 걸었다고 하더라도
나에게는 매번 새로운 첫째 날이다. 사실 산티아고에 살다시피
걸으시는 분들에 비하면 나도 아직 초보자이기에 자신을 낮추고 더
겸손하게 걸어야 한다.

눈이 떠진 시각은 5시 54분. 나답지 않게 꿀잠을 잤다···면 좋겠지만 고맙게도 시차 부적응으로 2시에 일어나서 첫 순례기를 적고야 말았다. 잠시 눈을 더 붙인 다음에 다시 일어났다. 전날 사둔 바나나 3개와 하몽으로 배를 채운다. 매번 순례길 첫날에는 항상 부실한 아침으로 고생한 적이 많아, 이번에는 든든하게 먹었다. 이렇게 많이 먹으면 아무리 걸어도 살이 안 빠질 텐데 걱정이다. 배변 활동은 왕성해서 다행이다. 6인실 알베르게에 유일하게 같이 있는 노르웨이에서 온 마티어스가 따뜻한 커피를 가져온다. 인정이 많은 아저씨다. 57세라고 하는데 자기의 이탈리아 여자친구 자랑을 늘어놓는다. 그 나이에 여자친구 얘기를 툭툭 던질 수 있는 문화가 신기하긴 했다.

6시 46분, 이번 순례길의 첫 출발이었다. 구글로 확인해보니 기온은 영상 1도로 그리 춥지 않다. 오히려 너무 많이 껴입은 듯 했다. 거리의 온도계는 7도라 표시하고 있다. 구글이 잘못 나온 건가? 조금 더 걸으니 구글이 맞는 것 같다. 코 끝이 아려와 목 폴라를 더 올려 쓴다. 새벽부터 바삐 움직이는 청소차가 지나간다. 이렇게 세상은 바삐 움직이는 분들로 인해 별 탈 없이 돌아가는 듯하다.

7시 15분에 갈림길이 나와 주춤했다. 산티아고 방향과 오비에도 방향이 나온다. 아이폰을 꺼내 지도를 확인해 본다. 그리고 그제야 하늘의 달과 별을 본다. 좋다. 새소리도 바람소리도.

7시 30분, 손이 너무 시려 주머니에 집어넣고 걷는다. 저번
순례길의 '한 시간의 추위'를 기억하자. 아무리 추워도 이 새벽
추위는 1시간이면 없어질 것이다.
아직 몸이 순례길에 익숙치 않고 화살표 방향 표시가 없어 헤매고
있으면 어김없이 지역 주민들이 나타나 친절히 알려준다. 그
넉넉한 마음씨에 감사드린다.

전날에는 미사를 드렸다. 내가 묵었던 숙소는 성당에서 운영하는
숙소라 신부님이 상주해 계셨다. 페데리코라는 신부님께서
7시 30분에 미사에 오라고 하셨고 참가하니 순례자들을 위해
내려주시는 축복을 받았다. 신부님과는 미사 후 식당에서도
마주쳤는데 따로 머리에 손을 올리시고 성호도 이마에 그어
주시며 축복기도도 해주셨다. 그리고 이 순례길을
한국에서도 많이 알려달라고 당부해 주셨다.
걱정마세요 신부님, 이미 스스로 잘하고
있습니다.
도시를 벗어나니 7시 56분이었다. 뒤돌아본
풍경에는 태양이 떠오르며 도시의 외곽을 온통 주황에서 붉음으로
바꾸고 있었다. 아름답다.
거의 9킬로 걸은 지점에서 지팡이로 쓸만한 아카시아 나뭇가지를
발견했다. 적당한 길이로 중간을 잘라내고 가시를 다듬으니 제법
지팡이답다. 이런 지팡이를 순례길 걷는 초입에서 발견할 수 있어
다행이다. 감사가 저절로 나온다. '까미'와 '미노'의 후계자로 널
임명하노라. 얘는 이름을 '부엔Buen'으로 정했다. '까미' '미노'

그리고 '부엔'을 합치니 3부작 '부엔 까미노Buen Camino'의 완성이다.
9시 40분까지 13.4킬로를 걷고 첫 카페를 발견한다. 1.25유로로
커피와 오렌지를 하나 먹었다. 오렌지의 상큼한 맛이 입맛을
돋군다. 카페 앞 종탑에 백조가 앉아 있는 모습은 이곳에서만 볼 수
있는 운치다.

10시 12분에 다시 출발한다. 누군가의 모습이 보인다. 이번
순례길의 첫 동료 순례자를 발견했다. 따라가는 건 언제나 편하다.
노란 화살표를 찾는 것에 덜 신경써도 되기 때문이다. 이 친구는 첫
시작 지점인 생장부터 눈이 1미터나 와서 너무 힘들었다고 한다.
그에 비해 내 첫날은 편한 듯 싶었다.
10시 45분에 한번 길을 잃었다. 어쩔 수 없이 구글맵에 의지했다.
선글라스를 끼고 걸으니 표지판을 찾기가 힘든
듯 했다. 길 잃어 정신 없는 지금 이 순간.
뮤지컬 〈지킬과 하이드〉의 곡 〈지금 이
순간〉을 듣는다. 앞으로 넓게 펼쳐진 벌판에
대한 두려움이 사라진다. 그냥 나아가면 될
뿐이다. 비록 버려지고 저주 당해도 난 희망을 품고
절실하게 나아가면 된다.
도로를 40분 가까이 걷다 갈림길이 나온다. 망설이던 중 개와 산책
나온 분이 자기를 따라오라고 알려주신다. 따라가다보니 금방
화살표를 발견할 수 있었다. 또 얼마나 기쁘던지.
11시 46분에 카페를 발견한다. 29,187걸음으로 21.47킬로를 왔다.
문어요리를 시키려고 했으나 없단다. 그래서 추천해 달랬더니

문어대신 생선요리를 추천해준다. 큰 가자미 한 마리와 맥주를
10유로에 주겠다고 한다. 와우, 언빌리버블. 신선하고 부드러운
질감과 중간중간 혀에 달라붙는 소금의 진한 짠맛이 나의 미각을
황홀하게 해준다. 역대 최고 가자미 요리라고 해도 손색이 없을
정도다.

만족스러운 식사를 마치고 발의 상태를 확인한다. 새끼발가락에
물집이 잡혀있어 밴드를 붙여둔다. 다시 무장하고 자리를 뜬다.
아직 13킬로 남았다니. 쩝. 기온 18도라 너무나 뜨거워 나도 모르게
'에이 18'이 나온다. 넘 힘들다. 머리도 핑 돈다. 맥주 때문인가.
28.12킬로를 와 산마르틴에 도착한다. 발바닥부터 오금, 고관절이
다 아프다. 아직도 7.2킬로 남았다는 사실이 절망스럽다. 갈증이
나 카페에서 얼음 동동 띄운 콜라를 마신다. 꿀맛이다. 조금만 더
힘내자. 지친 몸을 이끌고 다시 오후 2시의 태양 속으로 들어간다.
끝이 안보이는 길에서 태양까지 작렬하니, 이보다 더 힘들 수 없을
듯하다. 왼쪽 무릎 뒤쪽 통증이 심해진다. 오금이 저려온다. 이런
경우는 순례길 역사상 처음이다. 아까의 첫 순례자 이후 더 이상
다른 순례자도 안 보인다.
산티아고에 세 번째 온 것이라고 해도 중요한 사실은 오늘이
실제 걷는 첫날이라는 것이다. 난 지금 처음 걷는 애송이와
다를 바 없다. 다리 근육과 어깨 근육이 아직 적응도 되지
않았고 배낭의 무게에 익숙해지는데도 시간이 필요하다.
오늘은 까미노의 또 다른 첫날이다.
그래. 오늘이 또 다른 새로운 첫째 날이다. 그러니 서툴 수밖에

없다. 나를 낮추고 나를 비울 수밖에 없다. 읽고 있는 딜리트 철학처럼 말이다. 극심한 고통을 당하니 다른 스트레스나 고민이 들어갈 틈이 없어지고, 비우니 새로운 것들이 채워질 수 있게 되는 것이다. 뭐든지 잘 안다고 생각하는 것에서 오판이 나오고 익숙한 일에서 큰 실수가 나오는 법이다. 과거의 익숙함에서 나를 격리시켜 무슨 일을 하든 또 하나의 새로움으로 받아들이고, 그것만의 첫째 날이라 생각하면 어떨까?

에고고 현실은 지금 다리도 아프고 배낭도 너무 무겁게 느껴질 뿐이다. 오늘 알베르게에 가면 기필코 책 『딜리트』를 딜리트 시킬 거다. 책 무게라도 얼른 줄이고 싶다.

처벅처벅 걷는다. 정면에서 비추는 태양이 눈도 괴롭힌다. 그리고 4시 15분, 오스피탈 데 오르비고에 있는 알베르게에 도착했다. 35.3킬로. 49,940걸음으로 35.3킬로를 왔다.

03 손 내밀기

어제는 알베르게에 기진맥진 상태로 겨우 도착했다. 체크인하고
멍하니 앉아 있는데 한 한국인 친구가 들어온다. 이번에 처음 만난
한국인이다. 한국인은 한국인을 알아본다며 반갑게 인사를 나누고
빨래도 함께 하기로 했다. 세탁에 건조까지 해서 인당 3.5유로로
해결했다. 내가 가져온 신라면과 이 친구가 알베르게 주인에게서
얻어온 볶음밥으로 저녁을 맛있게 해결하고 맥주를 한잔 했다.
조금 얘기를 나누고 자기 전 의무감으로 책을 읽었다. 다행히 이날
다 읽을 수 있었다. 좋은 책이었다. 버리기는 아까워 뒤에 오는
한국 친구들을 위해 알베르게 책장에 고이 꽂아 두었다.

새벽 2시 30분에 일어나 늘상 쓰던 순례기를
작성한다. 첫날의 고단함을 생각하며 헬렌
피셔^{Helene Fischer}가 부른 〈아베 마리아〉를
듣는다. 첫 소절 '아베 마리~이~아'부터
울컥해진다. 떨림이 있는 부분이 왠지
가슴을 더 아리게 한다. 이미 게임 끝난
거다. 평온해지며 눈물이 흐른다.

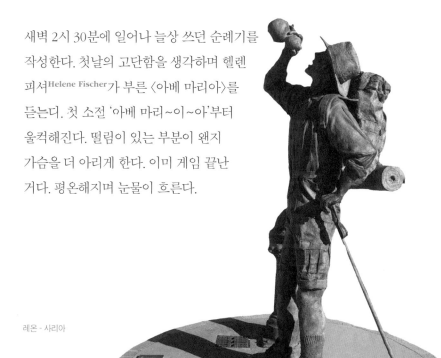

레온 - 사리아

순례기를 4시쯤 브런치에 업로드하고 잠시 눈을 붙인다. 부스럭
소리에 눈을 뜨니 거의 5시쯤이다. 같이 방을 쓰는 친구가
일어나 짐을 정리하고 있길래 나도 일어날까 하다 조금 더
누워있었다. 6시 30분에 일어나 어제 먹다 남은 볶음밥에
토마토를 곁들여 먹었다. 든든하다. 7시 30분에 출발했다.
알베르게 주인 아저씨가 마을 어귀까지 나와 방향을 알려주신다.
고마운 콴 아저씨.
작은 마을 두 개를 지나 언덕 구간이 시작된다. 넘어가면서
다리도 아프고 지친다. 아직 오후도 안됐는데 벌써 그만두고 싶다.
10.56킬로를 와서 잠깐 쉰다. 기부제로 운영하는 언덕 위 작은
가게에서 요구르트와 사과를 먹었다. 아픈 무릎에 파스도 넉넉히
발랐다. 5유로를 기부하고 사과 두 개를 더 가져왔다. 같이 있는
친구랑 나눠먹고 10시 11분에 출발했다. 태양은 이미 뜨거워진 지
오래다. 오금도 더 땡겨오고 거의 실신 상태다. 오른발의 두 번째,
네 번째 발가락에 물집이 생겨 쓰라린다. '이러면 안 되는데'를
계속 중얼거리며 걷는다. 평화의 주문 '도나 노비스 파쳄'을
외지만 평화는 오지 않는다.

아스토르가 시내로 가는 길은 왜 이리 언덕이 많은지. 오금이
저리고 아파 보폭을 좁혀 조금씩 움직여 높은 언덕을 올라간다.
딱 실신하기 바로 직전, 11시 45분에 아스토르가의 카페가 눈에
보여 바로 들어갔다. 이미 17.86킬로를 왔다. 일단 먹자. 맥주 두 잔,
코코아, 오렌지 주스 그리고 토르티야를 시켰다. 왜 음료수를 많이
먹냐구? 스페인어를 못 알아들어 잘못 시켰다. 쩝!

오늘 목적지인 라바날까지 남은 거리를 보니 아직도 20길로다.
지저스. 지금 이 거리를 걸으면 죽을지도 모른다. 친구에게 물으니
자기는 전전 마을인 산타 카탈리나까지 간단다. 그곳까지는
10킬로로, 원래 목적지의 딱 절반 수준이다. 포기는 빠를수록 좋다.
바로 라바날을 포기하고 이 친구를 따라가기로 했다.

12시 30분에 다시 걷기 시작했다. 죽을 맛이다. 그래도 계속
걷는다. 밉도록 뜨거운 태양과 얄궂은 언덕이 이어진다. 지팡이를
집고 걷는데도 불구 오금은 계속 저려온다. 힘들다. 미쳤지, 내가
미쳤지. 왜 돈 쓰고 와서 생고생하는지. 도나 노비스 파쳄? 아니
존나 더버서 빡침!

정신을 붙잡으며 한국 친구 꽁무니만 따라가고 있지만 점점 간격이
벌어진다. 좁혀야 산다. 이 친구를 놓치면 난 오늘 끝이다. 비몽사몽
상태로 계속 따라간다. 오후 1시를 넘기면서 태양빛은 더 독해진다.
간격이 멀어질만 하면 친구가 기다려준다. 힘들면 쉬다 가도
된다며 말도 건네주고. 그런데 여기서 쉬면 못 일어날 것만 같았다.
계속 가는 거다.

2시 45분, 드디어 27.94킬로, 40,355걸음을 걸어 알베르게에
무사히 도착했다. 바로 콜라 한 캔을 원샷한다. 온몸이 쑤시지만
일단은 19도의 따뜻한 햇살을 만끽한다. 참으로 노곤한 오후다.
샤워를 마치고 맥주 한잔의 여유를 갖는다. 이 시간은 어느 누가
천금을 줘도 안 바꾼다.

빨래 돌리며 다시 듣는 헬렌 피셔의 아베 마리아는 예술이다.
눈물이 나려고 한다. 목소리에, 선율에, 이 곡을 소개해준 분께
감사하는 마음에. 비단 순례길 걱정해주는 지인들의 도움뿐만

아니라 같이 걸은 이 친구에게도 감사했다. 내가 진정으로 힘들 때 손을 내밀어 줬다. 손 하나 내밀어 줬지만 받는 나에겐 크나큰 힘과 도움이 되었다.

이 친구와 저녁을 함께 먹는데 이런 말을 한다. 자기도 순례길이 막바지로 가면서 도움을 청하는 사람이 있다면 기꺼이 도와주기로 결심했다고. 그런데 어제 나를 만난 것이고 오늘 함께 걸으니 너무 아파하고 힘들어하는 것이 보여 그냥 도와주고 싶었다고.

그렇다. 이게 산티아고 순례길이다. 원래 자기만 생각하던 사람도 바뀌게 되는 놀라운 마법이 있는 곳. 아직도 온몸이 쑤시지만 오길 잘했다.

그저 손 한번 내밀자. 그럼 다 해결된다. 손 내민 사람이 오히려 더 큰 위로를 받는다. 어제 결심을 하고 바로 도움이 필요한 나를 만난 친구처럼 도와주면서 본인도 큰 위로를 받게 된다.

고마운 마음을 가지던 도중, 또 한 손이 다가온다. 와인을 따라주는 손이다. 아름다운 밤이다.

04 지관

오늘도 역대급 고생이다. 어째 갈수록 더 힘든 길만 나오는 것 같다.
어제 포기한 거리와 일정상 오늘의 목적지까지 도달하기 위해서
걸어가야 할 거리를 더하니 36킬로나 되었다. 심지어 오르막과
내리막 경사도 극심한 길이었다.
그래도 가야할 길은 가야한다. 나는 6시 20분에 기상해 참치캔,
삶은 계란과 귤 두 개로 아침을 해결했다. 곤히 자고있는 다른
순례자들을 깨울까봐 화장실 옆 의자에서 먹었는데 뭐 장소가
그래도 맛만 있다. 더군다나 안 먹으면 못 걷는다.
7시 22분에 같이 머물렀던 이탈리아 친구랑 출발했다. 이름이
'아고'라는 이 친구가 건네준 달달한 오레오는 에너지를 급충전
시켜준다. 오늘 저녁에는 나도 꼭 오레오를 사겠다는 다짐을 하며
다시 걷는다. 30분쯤 지나 뒤를 보니 너무나 아름다운 먼동이 있다.
셋째 날이다. 속도는 다르지만 아고와는 같이 걷고 있다.
절뚝거리지 않고 제대로 걷는 것만으로도 얼마나 큰 축복인가.
목폴라로 코와 귀를 덮고 주머니에 손을 넣고 걷는다. 너무 춥다.
기온을 확인해보니 1도다. 해뜨기 직전이 제일 춥다고 했던가?
5.33킬로를 걷고 잠시 쉬는데 아고가 무릎이 아프다고 해서 패스를
줬다. 아고는 17일 일정으로 산티아고까지 간다고 한다. 오 마이 갓!

보통 32일 정도 걸리는 거리를 그 절반인 17일에 간다니. 피레네 산맥 눈길도 헤치고 온 대단한 젊은이라 그런가, 목표가 엄청나다. 파스에 대한 보답으로 내게 프로틴 바를 하나 선물로 준다. 먼저 출발하는 친구에게 행운을 빈다.

8시 33분에 다시 절뚝거리며 출발한다. 이렇게 추우니 지금은 태양이 그립다. 빨리 그 열기를 뿜어주기를 빈다.

9시 50분, 11.65킬로를 와서 잠시 말린 과일을 먹으며 쉰다. 시큼한 맛이 쏠쏠하다. 힘들수록 음식의 맛은 배가 된다.

11시쯤 되니 거의 17킬로를 왔다. 힘들지만 아직 21킬로 남았다. 갈 수 있을까? 점심은 5.7킬로 남은 만하린에서 먹을 예정이었다. 이때 누구라도 옆에 있으면 좋으련만, 안타깝게도 혼자다. 그래도 가긴 가야한다. 12시에 도착한 폰세바돈에서 바 하나를 발견했다. 시간도 딱 점심때라 그냥 여기서 해결하기로 했다. 18.46킬로를 걸어왔다. 하몽 샌드위치와 맥주 한잔 하고 길을 떠나려는데 어제 같이 걸었던 한국인 친구를 다시 만났다. 이 친구는 이제 막 도착한 듯 했다. 나는 그에게 오늘 목적지와 숙소 얘기를 하고 먼저 일어났다. 어차피 곧 따라잡힐터이니, 일찍 출발해도 될 것이다. 이제부터 고비가 시작이었다. 말 그대로 고비, 어마어마한 경사의 언덕을 나는 정복해야 했다. 비장한 마음가짐으로 오르기 시작했으나 금방 헥헥거렸다. 언덕의 정상에 올라오니 2시 15분, 25.8킬로를 와서 잠시 쉬었다. 이제부턴 계속 자갈로 된 내리막길이다. 무릎에 압박이 온다. 까딱하면 발 삔다. 발바닥도 아프다. 그래도 많이 왔다.

4시 15분, 35.7킬로 와서 잠시 쉬었다. 남은 거리는 아직도 5킬로다.

상큼한 레몬 맥주가 급 땡긴다. 계속 지루한 내리막 돌길이
이어진다. 큰 계곡 옆 아슬아슬 낭떠러지 난간 길이 나온다.
원래 신행에서도 내리막길에 사고가 많이 난다고 한다. 이곳도
마찬가지다. 잠깐 정신을 놓으면 바로 떨어지는 길이다. 조금만 더
집중해서 걷자.

5시 20분부터 몰리나세카 마을이 보인다. 그런데 이상하게
검색되는 알베르게가 없다. 설마 오늘은 여기 호텔에서 묵어야
하나 싶었다. 그런데 여기서 마주친 친구가 조금만 더 가면
알베르게가 있다고 했다. 그 고마움과 의리를 생각해 조금 더
걸어 몇 군데를 발견했다. 한 곳은 문을 닫았고 조금 더 간 곳에는
공립 알베르게가 있었다. 겨우 찾은 소중한 숙소다. 아쉽지만 나를
이곳에 데려다 준 친구는 7킬로나 더 가서 다른 마을에 머문단다.
덕분에 여기까지 무사히 걸어올 수 있었다.
친구를 보내고, 나는 알베르게로 갔다. 그러나 아무리 두드려도
답이 없어 확인해보니 전화하라고 메모가 남겨져 있다. 어? 근데
왠지 내 폰에서는 전화가 가지 않는다. 다른 방법을 찾아야 했다.
우여곡절 끝에 동네 어느 중학생 정도 보이는 학생에게 부탁하여
알베르게 관리인이 있는 집에 갔었고, 그 관리인이 짐 풀고 있으면
곧 온다는 얘기를 듣고 다시 알베르게로 돌아왔다. 저녁이 되니
날도 추워지고 온몸이 천근만근이다. 물도 다 떨어져 수돗물을
받아 바로 두 병을 벌컥벌컥 마셨다. 샤워기에서는 온수도
안나온다. 운이 없다.
뭐라도 먹어야 될 것 같아 일단 다시 시내 방향으로 걷는다. 그
와중에 다시 아고를 만났다. 오 신이시여 이렇게 도와주시다니.
알베르게는 어떻냐고 묻길래 완전 엉망이라고 얘기해줬다.
그랬더니 자기는 시내에 있는 40유로 하는 라울 호텔에 머문다고
하기에 나도 솔깃해 따라가기로 했다.
직관이 발동했을 때는 따라야 한다. 논리적으로 완벽하지는
않더라도 때로는 직관이라는 것도 완벽한 논리가 된다. 스티브

잡스도 긴 인도 여행을 통해 논리 중심의 서구 사회와 완전
배치되는 직관의 중요성을 깨닫지 않았던가? 우리가 아이폰,
아이패드 등을 사는 게 다 논리만으로 설명되나? 그냥 이뻐서 사는
경우도 많다. 스티브 잡스의 직관에 대한 철학은 미니멀리즘을
통해 애플의 제품에 나타난다. 극도로 단순함을 추구하다 보니
제품 자체가 아름답고, 직관의 힘을 믿으니 설명서조차 필요없다.
7시 10분이 되어서야 호텔에 도착했다. 45.15킬로 64,216 걸음.
샤워를 마치고 레몬 맥주를 원샷했다. 순례자 메뉴로 나오는
풍성한 샐러드와 스테이크로 배를 채웠다.

05 거룩한 단순함

어제는 8시 30분에 그냥 뻗어버렸다. 심지어 양치도 안했다.
이정도면 내 몸 상태를 짐작할 수 있으리라 믿는다. 그래도
호텔이라 바로 잠들 수 있었던 것 같다. 만약에 어제 홀로 냉기
가득한 공립 알베르게에서 찬물로 샤워하고 잤다면 난 지금 아마
이 순례기조차 쓰지 못했을지도 모른다. 그렇기에 아고를 만난 건
큰 행운이었다. 근데, 이 친구 17일 일정으로 산티아고 갈 수 있는
것 맞아? 어제 묵은 마을도 나보다 늦게 도착한 듯 하다.
오늘은 8시 10분에 출발. 아침은 바게트 빵위에 하몽을 올려
전자레인지에 살짝 돌린 것으로 해결했다. 똥도 잘 안 나와
요구르트 2개와 우유도 먹었다. 커피 머신이 작동 안 한 건 정말
아쉬웠지만 호텔이 주는 다른 안락함만으로도 충분했다. 그렇다고
고급 호텔에 묵은 건 아니니 오해 마시라. 객관적으로는 작은
시골에 있는 모텔 수준이었다.
9시 30분 6.64킬로를 와서 폰페라다
마을 길가에서 첫 휴식을 취했다.
쉬면서 사과 하나를 먹긴 했지만 뭔가
부족했다. 커피가 벌써부터 땡긴다.
춥다. 아직도 26킬로나 남았다.

11시 58분, 원래 가려던 목적지인 캄포나라야 바로 전의 마을에서
그만 맥주의 유혹에 넘어간다. 그래 여기서 한잔 하고 가자. 누가
쫓아오는 것도 아닌데. 15.55 킬로, 거의 절반을 왔다.

아자. 맥주와 하몽 곁들인 오믈렛을 먹었다. 바로해서 따뜻하니
맛난다. 양이 좀 적어서 아쉽지만. 그래서 아침에 못 먹은
에스프레소와 도넛을 더 시켰다.

'거룩한 단순함Holy Simplicity'이란 뭘까? '직관'이란 내용으로 올린
어제의 순례기에 대해 평소에 애정하는 지인인 애경 누님이
'거룩한 단순함'이라는 답을 주셨다. 오늘 걸으면서 생각해볼
고민거리가 생겼다. 마을을 벗어나기 전까진 절뚝거렸지만 길에
오르자마자 제대로 걸을 수 있게 되었다. 신기하다. 쉬는 동안
뭉쳐진 근육이 다시 일을 하는데 시간이 걸리는 듯하다.

순례자는 단순하다. 길을 따라 걷고 먹을 것과 하루 쉴 잠잘 곳을
찾는다. 단순한 삶을 살기에 온전히 자신에게 집중할 수 있다.

단순함은 문제의 본질을 빠르게 인식하게 하고 집중할 수 있게 해준다. 어떻게 보면 '왜'라는 질문에 명확하게 답할 수 있는 것과 유사하다. 왜 사냐고 묻는데 그 답이 어쩌고 저쩌고 구구절절 풀어놓으면 그 사람은 인생에 대해 충분히 고민하지 않았고 정리도 되어 있지 않다고 볼 수 있다. 모든 진리는 단순하다.

함께 걷는 순례자들 없이 하루 8시간씩 걷기만 하면 처음엔 무릎 걱정, 물집의 고통, 태양과의 사투, 갈증 등으로 괴롭고 정신없이 바쁘다. 그런데 그게 하루 이틀 지나고 몸에 익숙해지면 풍경도 보이고 나에 대해 좀 더 집중할 수 있게 된다. 그러면 나에 대한 근원적인 질문을 던질 수 있고 하루 종일 걸으며 그 질문에 답을 찾고자 노력하게 된다. 다른 걱정 없이 하나의 질문에 답을 찾으려 노력하면 아무리 풀기 어려운 문제라도 답 근처에는 갈 수 있는 듯하다. 마치 딜리트의 철학처럼.
물론 단순함의 경지에 이르기까지는 물집이 터지고, 발바닥이 벗겨지고, 근육이 뭉쳐지는 고통을 겪어야 한다. 그래서 수도자들이 금식하고, 묵언수행하는 등 의도적인 고통을 가하며 일상을 단순화하는 것이 아닐까? 가장 단순해야 인간의 존재라는 본질적인 질문을 던질 수 있고 그래야 신에게 더 가까이 다가갈 수 있는 건 아닐까? 그리고 이런 경지가 '거룩한 단순함'이 아닐까?
바람이 끊임없이 불어 모자를 부여잡고 걷는다. 앞에 홀로 걷는 순례자 한 명을 발견한다. 이내 내 발걸음도 빨라진다. 천천히 걷는 걸로 봐서 다리에 문제 있겠거니 싶었는데 역시나 다리가 아프다고 한다. 아일랜드에서 온 마이클이란 친구인데 오늘 나랑 같은 비야프랑카에서 머문단다.

조심히 잘 와서 또 만날 수 있기를 바라며 먼저 앞서 갔다. 중간에 바가 보여 잠시 들렸다. 2시 16분이다.

당연히 레몬 맥주을 시킨다. 시큼하면서 달콤한 맛과 행복이 함께 느껴진다. 이제 10킬로 정도 남았다. 조금만 더 빡세게 가자.

3시 57분에 오늘 목적지 비야프랑카를 3.3킬로 앞두고 벚꽃나무 아래서 잠시 쉬었다. 넙적한 돌멩이 위에 앉으려다 엉덩방아를 찧으며 뒤로 넘어졌다. 다리 힘이 풀렸다.

쉬면서 아이폰을 확인하는데 2년 전 함께 다녀온 산티아고 친구들 단톡방에 내 브런치 글 캡처가 올라왔다. 경로 녀석이 제일 먼저 떠오른다. 지금 이 순간 경로가 부르는 〈지금 이 순간〉이 듣고 싶다. 선경이의 알베르게 바닥 파전 사건도 생각나고, 영신이의 '꺼억꺼억' 호탕한 웃음소리도 떠오른다. 용현이의 구수한 닭백숙, 아영이의 어깨 안마, 진우의 고프로 등등 다 소중한 추억이다.

걸어야 한다. 처벅처벅 비야프랑카를 목표로 나아간다. 오후 4시의 햇살은 따스한 것이 딱 좋다. 그렇게 걸어 5시에 시내에 도착, 그리고 호텔로 직행한다. 딱 하루만 더 편하게 쉬어야겠다.

오늘 33.48킬로 걸었다. 호텔 문이 안 열려있어 인터폰으로 연락하고 영어로 몇 마디 했는데 과연 주인이 올까. 일단 기다려보자. 하도 안 와서 다시 인터폰으로 연락하니 2분만 기다려 달란다. 비수기라 확실히 숙소 잡기 어렵다. 호텔도 프런트에 사람이 없으니. 쩝!

45유로 호텔에 세탁 서비스까지 맡기니 10유로가 더 든다. 이왕이면 뭐 이정도는 써야지. 샤워를 하고 나오는데 호텔 앞에 마이클이 있는 게 아닌가? 역시 또 만나는 군. 이 친구는 나보다 1시간 늦게 도착한 터였다. 편히 쉬고 싶어 호텔로 왔단다. 나와 같은 심정일 거다. 요 앞 레스토랑에 있을 테니 나와서 함께 술 한잔 하자고 했다.

우리는 뽈뽀를 시켰다. 한입 먹어보니 웃음이 절로 나온다. 역시 스페인의 문어요리는 진리다. 레몬 맥주가 계속 들어간다. 이렇게 산티아고 순례길 다섯째 날도 저물어 간다.

06 올라가다

Ultreia

2019.02.28. Day 06

Ultreia. 울트레이야는 우리말로 말하자면 '너머'라는 뜻으로, 계속 걷게 해주는 힘을 가진 순례자의 주문이다.

오늘은 6시 50분에 일어났다. 더 자고 싶었지만 순례자에겐 갈 길이 있다. 그래도 침대에서 십분 동안 뒹굴긴 했다. 아침으로 캔 참치, 요구르트, 바나나, 오렌지를 먹고 8시에 출발했다.

오늘은 29킬로를 가야한다. 하도 걸으니 이제 어떤 거리든 걸을 수 있을 듯 싶다. 심적 여유를 가지고 가자. 그렇다고 해서 길이 쉬운 것은 아니다. 처음부터 언덕이 나오고, 언덕을 오르니 아침에 먹은 참치 기름 냄새가 올라온다. 무게도 줄일 겸 해치웠는데 괜히 먹은 듯 싶다.

계곡 사이 음지길은 춥다. 부엔이를 옆구리에 끼고 두 손 모두 주머니에 넣고 걷는다. 1시간 40분이 지난 9시 50분에서야 드디어 음지에서 양지로 나왔다. 햇살아, 왜 이리 늦게 나왔냐. 햇살과 함께 잠시 쉬었나. 8.12킬로를 왔다. 해가 떴는데도 기온은 아직 2도다. 참 쉽지 않다.

11시 무렵 길에서 만난 일본인 친구가 타고 가던 자전거를 멈추고 내게 말을 걸었다. 순례길 중 처음 만난 아시아인이라 기뻐하는 모습이다. 우리는 같이 얘기하며 걸었고 12시쯤 바에 도착했다.

이 친구의 이름은 유토다. 작년에 대학을 졸업하고 올해 4월부터 일하는데 친구가 산티아고를 추천해줘 왔다고 한다. 자전거 타고 레온에서 사리아까지 가고 그 다음부터는 걸을 예정이라 한다. 같이 점심을 먹으며 유토에게 왜 걷는지 의미를 찾으며 걸으라 얘기해주었다. 내가 왜 걷는지를 자신에게 계속 질문하다 보면 답이 떠오를 것이라는 말도 해줬다. 우리는 서로 라인 메신저도 트고 사진도 찍었다. 이 친구는 아직 돈 벌기 전 상태라 내가 점심을 사줬더니 무지 좋아한다.

산티아고는 베푸는 여정이다. 내가 받은 만큼은 물론이고 그것보다 더 베풀어야 한다. 오늘 무사히 사리아까지 도착하시길 바란다. 도쿄 출장 가면 한번 연락 해야겠다. 12시 42분에 자리를 떴다. 15킬로 남았다.

점심 이후 체력이 급격하게 소진된 듯 하다. 태양도 그렇게 뜨겁지 않은데 몸은 천근만근 무겁다. 그래도 순례자는 걸어야 한다. 그게 운명이다. 바가 보이고 그 앞에 나무와 칼싸움 놀이하는 꼬마 여자애가 보인다. 오르고 오르고 계속 이어지는 오르막 아스팔트길. 지루한 이 길이 끝나나 싶으니 산길로 들어가 다시 오르막길이 이어진다. 에고, 지친다.

3시 20분 물 한잔 하며 잠시 쉰다. 귤 껍질이 있는 거 보니 어느 순례자도 여기서 쉬었니 싶다.

여기 길은 흡사 제일 어렵다는 피레네 산맥을 넘는 생장-론세스바예스 코스와 유사하다. 피레네 산맥 코스는 해발 170미터부터 1,450미터까지 21킬로를 올라간다면 오늘 코스는

해발 505미터부터 1,330미터까지 올라간다. 특히 트라바델로부터
아스팔트길로 9킬로, 산길로 9킬로, 합이 18킬로를 올라만
간다. 오르막은 오늘 목적지인 오세브레이로에서 끝난다.
'오세브레이로'로 이름 지은 이유도 전라도 사투리로 완전
'쎄브러'여서 아닐까? 근데 이것만으로 부족해서 '오 쎄브러'로
'오'가 붙은 게 아닐까? 힘드니 별소리를 다한다.
울트레이야 울트레이야. 자꾸만 올라간다. 계속 걷는다. 계속.
이렇게 걸어가면 신과 가까워지는 걸까? 신께서 도와주실 건가?

Ultreia Ultreia Esuseia, Deus, Adju Vas Nos
계속 걷고 계속 걷고 성장하고, 하느님이 우리를 도와주실 거다
_〈산티아고 순례자들을 위한 노래〉 중

4시 30분, 언덕에서 잠시 쉬었다. 29.56킬로를 왔으나 아직도
2.3킬로나 남았다. 소똥 냄새가 진동한다. 푸른 초원이 계속 있는
걸 보니 근처에 소나 말이 많이 있을 듯하다. 고향의 냄새이긴 한데
지금은 지쳐 정신이 없어 그저 냄새가 좋지 않게만 느껴진다.
가도 가도 언덕만 있다. 저 코너를 돌면 마을이 보일 거야. 아니네.
저 언덕만 넘으면 정말 보일 거야. 또 아니네. 이러기를 몇 번. 휴우.
5시 30분 언덕 끝에 도로가 보인다. 그리고 오세브레이로에 무사히
도착했다. 48,427걸음으로 32.29킬로를 오다.
이제 씻자. 땀에 찌든 순례자의 몰골에서 사람의 모습으로 돌아온
후 마을 산책을 한다. 바로 앞 오래된 성당이 있어 들어가 십자가
정면 바닥에 무릎을 꿇고 기도한다. 여기까지 무사히 오게 하심에

감사를, 나를 더 낮추게 하심에 감사를, 여러 도움의 손길 주심에
감사를.
기도를 마치고 나오려는데 성당 벽쪽에 각국 언어로 번역된
성경책이 수십 권이 전시되어 펼쳐져 있는 것이 아닌가? 한글
성경도 있길래 보니 「마태복음」 6장 16절이 바로 눈에 띈다.

> 금식할 때에 너희는 외식하는 자들과 같이 슬픈 기색을 보이지
> 말라 그들은 금식하는 것을 사람에게 보이려고 얼굴을 흉하게
> 하느니라 내가 진실로 너희에게 이르노니 그들은 자기 상을
> 이미 받았느니라. 너는 금식할 때에 머리에 기름을 바르고
> 얼굴을 씻으라. 이는 금식하는 자로 사람에게 보이지 않고 오직
> 은밀한 중에 계신 네 아버지께 보이게 하려 함이라 은밀한 중에
> 보시는 네 아버지께서 갚으시리라.
> _「마태복음」 6장 16-18절

순례길 걸으며 순례자 코스프레 차원에서 수염도
깎지 않고 꾀죄죄한 모습에, 가리비 조개
배낭에 붙이고 목걸이도 하고 다녔는데. 이게
모두 남에게 보이려는 모습이 아니었을까?
이럴수록 좀 너 낄끔히게 다니고 은밀하게
해야 되었는데 말이다. 울트레이야.
울트레이야. 계속 정진해야 된다. 난 아직도
갈 길이 멀다.

07 내려가다

6시 40분에 눈이 떠졌다. 마지막 날이다. 발가락 물집만 조금 신경
쓰일 뿐 다리 근육은 괜찮은 편이다. 초코 크로와상을 먹는다.
칼로리가 무려 425나 되지만 그래도 순례자는 먹어야 걸을 수
있다.

마지막 날이라 호텔에 많은 것을 두고 왔다. 내 다리를 푸는데
도와줬던 샴푸, 파스 등 다 버렸다. 가방도 가볍게, 발걸음도 가볍게
호텔을 나선다. 택시 기다리며 에스프레소 한잔했다.
그리고 트리아카스텔라로 출발한다.

고지대라 창 밖으로 보이는 풍경이 아름다웠다. 이걸 걸어 올라
왔다니 뿌듯함을 느끼는 동시에 택시로 편하게 내려간다니
죄책감도 느낀다. 몸은 편하게 마음은 죄스럽게.

어느 순례자 가이드를 보아도 오세브레이로에서 사리아까지의
코스는 이틀이다. 지도상 44킬로이니 실제는 50킬로가 넘을
것이다. 사십 대 후반 저질 체력으로 이 일정은 아무래도 무리다.
택시는 어쩔 수 없는 현실적인 선택이었다. 순례자도 다음주
월요일에 출근해야 된다. 이해 바란다.

속세로 내려간다. 인생이라는 길도 오르막과 내리막이 있다. 이젠
내려가야지 아래로, 그리고 현실 속으로. 많이 버리고 삭제하고

비웠다. 앞으로의 인생도 많이 남았으니 차곡차곡 채워나가자.
8시 30분에 트리아까스텔라에 도착했다. 22분 걸렸다. 19킬로를
걸어왔다면 족히 4시간은 걸렸을 터이다. 사진을 몇 장 찍고
사리아로 걸어간다.

물소리, 새소리, 바람소리 참 좋다. 태양은 산에 가려 있지만 그리
춥지는 않다. 이번 순례길 일정을 정신적으로도 나름 완성된
느낌이다. 울트레이야.
개울가에서 잠시 쉰다. 5.5킬로를 걸어왔다. 고요한 시골길 자연을
만끽하며 걸으니 여유롭다. 역시나 아침에 택시를 타길 잘했다.
마지막 날은 이런 게 필요하다.
11시 10분에 네모진 성당이 아름다운 사모스에 도착한다. 도착
직전 깔딱 고개는 방심을 하지 못하게 한다. 어느 길이나 쉬운 길은
없다. 점심으로 햄앤에그에 레몬 맥주 한잔을 했다.

새끼발가락 물집이 많이 아파 양말까지 벗고 쉬고 있다. 밴드를
다시 떼었다가 다시 붙여야 할까 했지만 잘 안 떼어진다. 그냥 가자.
사과 하나를 꺼내 입에 물고 다시 걷는다.
걷다 3시쯤에 잠시 쉬었다. 22.54킬로를 왔고 남은 거리는 4.3킬로
뿐이었다. 세 번에 걸쳐 온 순례길의 마지막이다. 아껴서 걸어야
하는데 새끼발가락이 눈치 없이 빨리 걷자고 한다. 태양이 구름
속에서 보일락말락 한다. 저벅저벅 걸어 언덕에 오르니 저 멀리
사리아가 보인다. 이제 다 왔다.
4시 20분, 드디어 도착했다. 바로 가는 것이 아니라 예약한

알베르게에 말이다. 계획이 바뀐 거냐구? 그건 아니고 좀 씻고 기차를 타야 하지 않겠나? 이 순례자도 문명인이다. 마지막 날 27.19킬로를 걸어 드디어 지난 두 번과 합해 800킬로 순례길을 완성했다.

큰 감동이 올 줄 알았지만 전혀 그런 게 없었다. 무덤덤했다. 그래도 한국 돌아가면 다시 그리워지겠지. 지금은 빨리 샤워하고 밥 먹을 생각밖엔 나지 않는다. 샤워를 하고 강변을 따라 산책한다. 배낭을 벗으면 오히려 더 쩔뚝거린다. 삶이 주던 무게감이 없어져서인가? 이상하게 짐이 없으면 더 그런다.

오후 6시에 카페테리아 산티아고라는 식당에 들어간다. 내 순례 일정을 마치기에 딱 좋은 곳 같다. 온몸이 쑤신다. 정확히는 온몸은 아니고 온 하체만 쑤신다. 고관절, 허벅지, 종아리, 발바닥이 비명을 지른다. 얼른 맛있는 음식으로 달래줘야겠다.

뿔뽀도 감바스도 양이 좀 적지만 맛은 있었다. 와인도 세 잔째 들어가니 취기가 돈다. 도는 세상 이렇게라도 도니 좋다.

어제 만난 유토에게서 라인 메시지가 온다. 자기는 포르토마린에 잘 도착했단다. 부엔 까미노, 유토. 다음에는 도쿄에서 보기로 약속한다. 알베르게에서 잠시 눈을 붙이다 밤 10시 15분에 나왔다. 샤워도 단잠도 허락해준 이 알베르게에게 감사를 표하고 기차역으로 향했다. 이제는 지팡이 부엔이와도 작별을 고할 시간이다. 레온의 초입에서 발견해 나의 또 다른 다리가 되어준 부엔이. 돌다리 위에 올라가 부엔이에게 입맞춤을 하고 강 아래로 던져줬다. 자연으로 잘 돌아가길 바란다. 작별인사를 하고 기차역으로 걷는다. 허전하다.

기차역에는 오후 10시 45분에 도착했다. 출발시간은 0시 30분쯤으로 꽤나 시간이 많이 남았다. 조수미의 〈기차는 8시에 떠나네〉를 틀어두고 기다리기로 한다.

08 끝, 그리고

이제 다시 사회로 돌아간다. 날짜는 3월 2일, 0시 34분에
마드리드행 기차에 탑승했다. 이런, 침대칸 야간열차가 아닌 좌석
열차였다. 편히 잘 생각은 접어둬야겠다.
마드리드에는 9시 10분에 도착했다. 공항 가는 택시를 타고 푸르른
하늘을 감상한다. 며칠만에 다시 돌아온 마드리드였지만,
그 사이 봄은 더 가까이 온 듯 했다.
순례자는 머무는 곳이 집이 된다. 나그네처럼 발길 닿는 대로
다니면서 잠시 머물면 그곳이 집이고 고향인 것이다. 이제 조금
길게 머물렀던 고국으로 돌아간다. 너무 많이 비우고 딜리트
했지만 곧 빠르게 채워질 것이다.
노란 화살표를 따라 800킬로를 왔다. 육체는 힘들었을지 몰라도
정신은 그저 정해진 목적지로 따라가는 거라 편했다. 이제 인생의
길로 나아간다. 방향 표시도 없는 야생으로 말이다. 스스로 길을
만들면서 나아가야 한다. 내가 새로운 길을 만들면 순례길을
따라가는 순례자들 마냥 후배들이 따라오기도 할 것이다.
날아가는 비행기를 스치는 강한 바람소리가 느껴졌다. 순례길에
맞았던 바람과 다를 바 없다. 그저 비행기든 순례자든 바람을 뚫고
나아가면 된다. 때론 바람에 흔들리기도 하고 나아감이 더디기도

하겠지만 처벅처벅 걸어가면 될 것이나.

다시 의욕이 샘솟는다. 이런 기분이 느껴지는 이유를 알 것 같다.

나는 산티아고 순례길을 마친 것이지 인생 순례길을 마친 건

아니기 때문이다.

그래서 오늘도 순례자는 걷는다.

에필로그

매년 20만 명이 넘는 순례자들이 산티아고 순례길을 걷는다.
그들은 왜 이 길을 찾는가? 걷기에 좋은 길은 다른 곳에도 많고
많은데 말이다.

어떤 이들은 종교적인 의미를 위해 걷고, 어떤 이들은 인생의
전환점에서 이 길을 찾게 된다고 한다. 나 역시 인생의 큰 세 번의
전환점마다 이 길에 올랐다. 그리고 걸으며 내 나름의 답도 찾을 수
있었다. 이 책으로 그 경험을 나누고 싶었다.

산티아고에서 지내는 동안은 대부분 걷는 것만으로도 치열했던
날들이었다. 또 그만큼 그날들의 기억은 잠을 줄여가면서 매일
글을 쓸 만큼 소중한 것들이었다. 이제 그 글들을 엮어 세상에
내놓으려고 한다. 쓸 때는 세상 다 가진 것처럼 완벽하다고
생각했으나 막상 책으로 만들려니 부끄럽기도 하다.

물론 이전에도 창업이나 암호화폐 등 전문지식에 관한 서적을
내기는 했다. 하지만 이번엔 다른 느낌으로 책을 준비하게 된
것 같다. 산티아고 순례를 통해 나는 나 자신을 좀 더 많이 알게
되었고, 좀 더 솔직하게 드러낼 수 있었다. 단순히 걷는 것이 아니라
앞으로 걸어가야 할 방향까지도 고민해볼 수 있는 시간이었다.
어찌 보면 이 글을 적을 때 나는 가장 인간적이고 철학적이었던

것도 같다.

산티아고에서 지내는 동안 힘들 때마다 큰 위로가 되어주신 애경 누님과 진호 형님께 감사드린다. 또, 매일 쓴 순례기를 브런치에 올렸을 때 좋아하고 응원해주신 브런치 독자들에게도 감사를 전한다. 그들의 응원이 피곤한 몸에도 불구하고 글을 쓰게 만들어 줬다. 약간의 구박은 하지만 그래도 항상 내 글을 인정해주는 이콘 출판 김승욱 대표가 없었다면 이 글은 세상에 선보이지 못했을 것이다. 진심으로 감사드린다.

무엇보다 세 번씩이나 홀로 산티아고에 다녀올 수 있도록 허락해준 와이프 명진이에게 깊은 감사의 마음을 전한다. 덕분에 부담 없이 직장을 관두고 산티아고 순례길을 걸을 수 있었다. 그리고 이제 막 산티아고가 어디 있는지 알기 시작한 두 딸 하은이, 다은이에게도 고맙다고 전하고 싶다. 아빠가 걷는 한 달 동안 잘 견뎌 줬다. 언젠가는 너희들도 아빠가 왜 걸었는지 알게 될 거다.

마지막으로 2000년 전 머나먼 스페인으로 선교를 떠나셨던 야고보 스승님, 진심으로 감사드립니다.

2019년 10월 어느 날 새벽 무렵
양재동에서 이희우.

산티아고 순례를 떠나는 분들을 위한 체크리스트

예산은 얼마로 해야 할까?

각자 형편대로 준비한다. 젊은 친구들은 순례길 중에는 1킬로 당 1유로로 예산 책정하는 경우가 많았다. 까미노가 800킬로 정도 되니 800유로를 적정 예산으로 보곤 했다.

이렇게 하려면 저녁은 보통 직접 해 먹어야 하나 절대 무리하는 수준은 아니다. 참고로 술은 마음껏 마실 수 있을 것이다. 아예 하루 40유로로 넉넉하게 잡는 것도 괜찮다. 어짜피 온 순례길, 조금은 더 투자해도 괜찮을 듯 싶다.

일정은 언제로 잡아야 할까?

회사 그만두거나, 이혼하거나, 은퇴하거나 아님 머리가 복잡할 때가 좋다. 물론 자의든 타의든 장기간으로 휴가를 낼 수 있어야 한다. 시기로는 11월에서 2월을 제외한 시즌이 좋다고 생각한다.

혼자 가는게 좋을까? 아니면 여럿이 가는게 좋을까?

무조건 혼자 가야 된다. 순례는 절대로 놀러 가는 것이 아니다. 놀러 가려면 다른 휴양지나 관광지를 가기를 바란다. 그렇다고 외롭지는 않다. 가면 모든 순례자가 친구이기 때문이다. 거기서 친구를

만들자. 가급적 한국 사람보다는 외국인들과 아울려야 얻는 게
재밌는 걸 얻을 수 있다. 그러기 위해 영어는 필수다.

좋은 알베르게 고르는 법

프랑스나 이탈리아 할머니들이 많이 가는 곳은 좋은 곳일 가능성이
높다. 이들이 가는 곳은 대부분 가격이 저렴하며, 주방이 있고, 옷
세탁하는 환경도 좋다. 이들이 어디를 가는지 유심히 관찰하자.
다른 외국인들이 많이 가는 곳도 괜찮다. 간혹 책자에 나온 숙소가
계절에 따라 문을 닫는 경우가 있으니 그 경우 외국인들이 많이
몰려있는 곳으로 가자.
검색도 귀찮다면 무니시팔Municipal이라는 이름이 붙어 있는
알베르게로 가자. 무니시팔은 공립이라는 뜻으로 대개 공립의
가격이 저렴하고 시설도 좋다. 검색하는 것 마저 귀찮다면 그냥
침대 수를 물어 제일 많은 곳으로 가자. 참고로, Parroquia,
Parroquial, Donacion이라고 써져있는 곳은 성당 소속의 기부제
숙소일 가능성이 높다. 의외로 괜찮은 곳이 많으니 두려워 말고 한
번 이용해보자.

음식은 사서 먹을까 아니면 직접 해서 먹을까?

각자 장단점이 있다. 직접 해서 먹으면 예산을 대폭 절감할 수 있다.
스페인은 식료품 가격이 매우 싸기 때문에 하루 저녁 예산을 5유로
아래로 줄일 수 있다. 반면, 쇼핑과 요리 등에 시간을 많이 뺏기면
산책하거나 글을 쓰는 등 하루를 정리할 마음의 여유가 줄어들 수
있다.

반면, 사서 먹으면 하루 저녁 예산이 10에서 15유로 정도 소요된다. 돈은 좀 드는 반면 시간적 여유가 많아져 매일 걸어온 길을 정리하고 글 쓰는 나의 입장에서는 사 먹는 걸 더 선호했다. 보통 순례자 메뉴를 먹는데 와인의 경우는 돈 걱정 없이 마음껏 먹을 수 있다. 남는 오후 여유시간에는 동네 산책이나 성당에서 미사나 기도 드리는 시간도 가질 수 있다.

유용한 어플리케이션

Simply Camino: 아이폰을 쓰는 내가 주로 사용한 앱이다. 순례길 전체 일정과 출발 일정을 넣으면 그 일정별로 매일 가야 할 거리, 고도차, 숙소 등이 나온다. 한국 책자에 나온 일정과 도시 등과 차이가 나 그것들을 비교하며 머물 도시와 일자별 거리를 정하는 것도 재밌다.

Camino Pilgrim: 안드로이드 앱만 있음. 안드로이드 쓰는 친구들은 거의 이 앱을 쓰는 듯 하다. 숙박 정보 중 침대수, 세탁 서비스, 주방 유무 등이 자세히 나와있다.

스케줄 잡기

생장부터 산티아고까지 32일 코스를 제일 많이 간다. 젊은 친구들은 하루 40킬로 넘게 며칠씩 내달리는 애들도 봤는데 그중 절반은 무릎에 탈이 나서 버스 타고 이동하거나 한 도시에서 며칠씩 쉬는 경우도 생긴다. 30일, 31일 코스도 체력 정도에 따라 많이 선택한다.

책

까미노 안내책은 젊은 애들조차 거의 안 들고 다닌다. 종이책이든, 전자책이든 읽을 책 정도는 한권 가져오는 것이 좋다.

샤워용품

바디워시는 필요 없고 샴푸 하나로 모든 걸 해결하는 경우가 많았다. 머리, 몸, 손빨래 등 모든 곳에 다용도로 사용할 수 있더라. 나도 처음에는 바디워시를 따로 사용하다 다 쓴 이후에는 샴푸 하나로 모든 걸 해결했다.

타월의 경우 습식 스포츠 타월 하나면 충분하다. 나도 이거 하나로 20일을 버텼다. 안 말려도 되고 젖은 상태 그대로 물기만 짜서 보관하면 되니 매우 유용하다.

화장품

여성분들은 자신에게 필요한 것은 알아서 챙겨오리라 믿는다. 미안하다 잘 몰라서. 단, 강한 햇빛 때문에 촉촉한 로션은 무조건 추천한다. 소형 드라이기를 챙기는 분들도 있었다.

남성분들은 선크림을 꼭 챙기길 바란다. 스틱형, 스프레이형, 로션형 중 내 경우엔 손에 안 묻고 눈에 잘 안 들어가는 스틱형이 제일 좋았다. 순례길에 선크림 눈물을 흘리지는 말자. 로션도 촉촉한 로션을 들고 오는 것이 좋을 것이다.

장갑

자전거 및 헬스 용으로 판매되는 제품 중에 손가락이 살짝

뚫린 것을 끼고 다녔다. 10월 초에는 괜찮았는데 10월 말로
갈수록 새벽에 기온이 영하 가깝게 떨어져 손이 무진장 시렸다.
장점으로는 장갑을 벗지 않고 스마트폰을 사용할 수 있다는 점이
있지만 시기를 잘 고려하길 바란다. 스마트폰을 자주 사용하지
않을 계획이라면 그냥 장갑도 괜찮다.

두건

아침 머리 감기가 어려우니 머리가 삐치는 사람은 두건 쓰는 것도
좋다. 나도 후반부엔 주로 긴 손수건을 두건으로 쓰고 다녔는데,
의외로 폼난다.

지팡이

등산용 스틱의 경우 비행기에 실을 수 있고 가볍지만 순례자의
분위기를 느끼기는 어렵다. 나무를 주위 지팡이로 만들어 다니면
분위기는 나나 좀 무겁다. 시중에서 파는 대나무 지팡이는 가격도
7유로로 저렴하고 가벼우며 순례자 분위기도 난다. 자신들이 쓰던
지팡이를 알베르게에 버리고 가는 순례자들이 꽤 있으니 그걸
주워서 사용해도 된다.

침낭

침낭은 필수다. 우리나라 침낭은 따뜻하나 비교적 외국 친구들이
가져온 것에 비해 크게 느껴진다. 따뜻한 것보다는 가급적 작고
부피가 적게 나가는 것을 선택하는 것이 좋다. 11월에서 2월까지를
제외하고는 순례자들이 2층 침대가 빼곡한 작은 공간에 꽉 차기

때문에 그 사람들의 열기로 절대 춥지 않다.

양말

등산 양말을 추천한다. 물집은 좀 생기나 물집은 순례자의
운명이자 상징이다. 다만 두꺼워서 잘 안 마른다는 단점이 있다.
그래도 딱딱한 길에는 등산 양말만한 것이 없다.
발가락 양말을 신은 친구를 딱 한 명 만난 적이 있다. 물집은 정말
안 생긴 것 같았으나 새 등산화라 그런지 양쪽 측면이 쓸리는
현상이 발생했다.

신발

한국 사람들은 등산화 신은 친구들이 많았다. 두꺼운 전문 산악용
등산화 신고 오면 아마 버릴 수도 있다. 여러 등산화를 신어보고
자신에게 맞는 것을 찾는 것이 중요하다. 등산화가 눅눅해졌을
경우 신문지를 구겨서 넣어두면 습기 제거에 도움이 된다.
트래킹화 중에서도 찾아볼 필요가 있다. 나는 발목 살짝 근처 오는
등산화와 트래킹화 중간 정도 되는 신발을 신고 왔는데 발목도 안
삐고 좋았다. 그런데 이것도 무거워 다음엔 쿠션 좋은 운동화 신고
올 생각이다.
외국 젊은 애들은 운동화를 신는 경우가 많았다. 길이는 기나 아주
심한 등산코스가 아니기 때문에 운동화도 그리 무리는 아닌 것
같다. 자신의 일정을 고려해서 신발을 챙기자.

보조 배터리

용량이 크고 가벼운 놈일수록 좋다. 충전 포트가 2개 이상 있는 놈이면 더욱 좋다. 콘센트에 꽂아 배터리를 충전하면서도 스마트폰 충전도 되는 제품이 제일 좋다고 할 수 있다. 어떤 제품들은 동시 충전이 안 되기도 한다. 샤오미 제품은 둘 다 되는 걸로 확인했다. 챙기기 전에 꼭 확인해보자.

손전등

작고 오래가고 충전되는 것이 좋다. 새벽에 출발하기 때문에 거의 매일 쓴다고 봐야 한다. 나는 내 자전거에 달린 소형 LED 등을 떼어갔다. 밝기 강약 조절과 점멸 기능이 있어 좋았다. 다른 사람들 중에는 강한 LED 손전등을 들고 온 사람들도 있었다.

멀티탭

알베르게 사정상 전기 콘센트가 충분하지 않은 곳이 대부분이다. 이럴 땐 멀티탭이 매우 유용하다. 선이 없으면 포트 멀티탭이 좋다. 여러 사람이 쉽게 혜택을 볼 수 있기 때문이다.

음식 및 양념거리

한국 음식을 해 먹을 예정이라면 고추장, 간장, 고춧가루 정도를 준비하자. 웬만한 음식은 다 해 먹을 수 있을 것이다. 외국애들은 대부분 파스타를 해 먹는다. 아침 정도는 바게뜨 빵에 하몽 넣어서 샌드위치로 해 먹는 것이 좋다. 하몽이 1유로로 무지 싸다. 하나만 사도 아침 두 번은 배부르게 해결할 수 있다.

참고로 알베르게 주방에 올리브유, 설탕, 소금, 후추 등은 대개 구비되어 있고 양념에 도움되는 마늘, 양파, 파 등은 쉽게 구매할 수 있다. 라면을 챙기는 것도 좋다. 여러모로 먹을 수 있고 해물도 싸니 해물라면을 해 먹어도 좋다.

미사 참가

적극 권장한다. 작은 마을이라도 성당마다 특색이 있고 모든 미사가 순례자들 안전을 기원하는 것이기 때문에 많은 위로를 받을 수 있다. 산티아고 순례길이 단순한 트래킹 길이 아닌 이유가 이런 종교적 배경도 있기 때문이다.

음악

취향대로 들어도 좋다. 멜론이나 네이버 뮤직 등 스트리밍 서비스는 대도시만 벗어나면 매우 자주 끊기니 미리 다운로드해 가는 것이 좋다. 산티아고 순례에 도움되는 음악들을 많이 담아 가시길 바란다. 클래식, 뮤지컬, 재즈 등 분위기에 걸맞는 음악들이 좋을 것이다.

유심

해외 로밍은 미친 짓이다. 잘 터지지도 않고 비싸기만 하다. 쓰리심이 써보니 제일 좋았다. 한국에서 구매해 가는 것을 추천한다. 단 30일 기간 제한이 많으니 잘 보고 선택해야 한다. 미처 준비하지 못한 경우 현지의 큰 도시에는 유심을 파는 곳이 있으니 그것을 사서 써도 된다.

쫄지 말고 떠나라
부엔 까미노, 당신의 앞날에 행운이 가득하기를

초판 인쇄 2019년 11월 7일
초판 발행 2019년 11월 14일

지은이 이희우
펴낸이 김승욱
편 집 김승욱 심재헌
디자인 최정윤
마케팅 최향모 이지민
홍 보 김희숙 김상만 오혜림 지문희 우상희
제 작 강신은 김동욱 임현식

펴낸곳 이콘출판(주)
출판등록 2003년 3월 12일 제406-2003-059호
주소 10881 경기도 파주시 회동길 455-3
전자우편 book@econbook.com
전화 031-8071-8677
팩스 031-8071-8672
ISBN 979-11-89318-15-4 03810

이 도서의 국립중앙도서관 출판시도서목록(CIP)은
e-CIP 홈페이지(http://www.nl.go.kr/ecip)와
국가자료공동목록시스템(http://www.nl.go.kr/kolisnet)에서
이용하실 수 있습니다. (CIP제어번호: 2019043978)